LECCIONES DE VIDA

Anthony Pittman

Prólogo

Jaylynn Sommers entró a su casa adosada cuando escuchó un grito. Su corazón se desplomó y contuvo la respiración mientras caminaba para ver a su nueva niñera sosteniendo a su hijo Jay Jr. por los brazos.

–¿Qué diablos crees que estás haciendo? Jaylynn preguntó con una voz muy no tan agradable.

–Te dije específicamente que NUNCA agarraras a mi hijo de manera amenazante.

–Umm, no, no lo hiciste, o me habría acordado. ", dijo, soltando suavemente a Jay Jr. después de retorcer su cabello de un lado a otro.

–Umm, sí, lo hice, replicó Jaylynn. Sabía que se lo había dicho. Eso fue algo que no olvidaste. Esa era la regla más importante a seguir cuando alguien estaba cerca de su hijo.

–No, no creo que lo hayas hecho. hubiera recordado.

Ella se lanzó hacia ella de nuevo. Jaylynn no estaba dispuesta a tener una discusión con un estudiante universitario de primer año. Había cruzado la línea de la ira, y la niñera podía verlo en su rostro.

–Si dices ¿verdad? Ya que eres el jefe, ¿verdad?

La niñera puso los ojos en blanco, y eso la irritó aún más.

–Vale, vale, lo siento no volverá a pasar. Prometo.

–Tienes mucha razón porque no tendrás oportunidad porque estás fuera de aquí, como despedido.

-¿Qué? ¿En serio? La niñera pensó que estaba bromeando.

La mirada silenciosa de Jaylynn fue la única respuesta que recibió.

–Bueno, ya sabes, como lo que sea. Puedes tomar este trabajo y empujarlo. ¡Tú y tu mocoso mimado!

Ese comentario merecía una bofetada, pero Jaylynn no dijo nada mientras señalaba la puerta, y la puerta se cerró de golpe cuando la niñera salió furiosa.

En cuanto a Jay Jr., su llanto se había transformado en sollozos quejumbrosos.

–Lo siento, Jay Jr., pero debemos prepararnos para la escuela. Le limpió la cara y agarró su almuerzo y su mochila mientras lo levantaba.

–No quiero ir a la escuela, mamá. no me siento bien

–Siempre dices eso, JJ, usando su apodo para él.

–Solo tu mala suerte porque sigues yendo.

¡Yo-No voy! gritó, pisoteando sus pies.

A pesar de sus gritos y súplicas, lo llevó a su habitación y le puso las zapatillas. Los lloriqueos y las quejas no se detenían cuando salieron a la calle para subirse al auto.

¿Tenía razón al despedir a la chica tan rápido? ¿Él no le dijo lo que no debía hacer? ¿Es posible que no lo vuelva a hacer? Y debería haberla dejado al menos llevar a JJ a la escuela y despedirla.

No, había tomado la decisión correcta, y ahora se ocuparía de eso y conseguiría otra niñera, pero él volvería a llegar tarde al trabajo. Pensó en esto y otras cosas, y JJ gritó como un alma en pena. Todos los vecinos volteaban a mirarlo mientras lloraba, pero escuchaban sus rabietas todas las mañanas.

Finalmente asegurada, se sentó en el asiento del conductor y encendió su música de Josh Groban para que ahogara un poco a su hijo. El viaje fue corto, pero diez minutos de gritos fue como una hora. Una vez en la escuela, tuvo que luchar con él nuevamente, arrastrándolo a su salón de clases de tercer grado. Ella luchó con JJ en su asiento, que tenía su asiento elevado, mientras él continuaba pateando y gritando.

¡Su teléfono! Era trabajo, probablemente preguntándose dónde estaba pero sabiendo exactamente dónde estaba. Maldiciéndose a sí misma, se topó con un hombre alto que era maestro de escuela, supuso.

–Hola, soy el Sr. Tymothy Nice y, sí, ese es mi verdadero nombre., dijo con una sonrisa amistosa.

Jaylynn le devolvió la sonrisa y acercó a JJ.

–Este es Jay Jr. Todo el mundo suele llamarlo JJ.

–Bueno, hola, JJ; Encantado de conocerte, dijo, extendiendo su mano.

JJ simplemente lo rechazó y sacó la lengua. La mayoría de los profesores se habrían enfurecido, pero el Sr. Nice sonrió y sacó la lengua. Eso hizo que JJ dejara de hacer lo que estaba haciendo y mirara a su maestro. Esa fue la señal de Jaylynn para irse y ponerse a trabajar lo más rápido posible.

Podía acelerar más allá del límite de velocidad ya que JJ no estaba con ella, con la esperanza de que no la detuvieran y llegara tarde al trabajo. Ella maldijo en voz alta mientras evitaba los semáforos en rojo. No era su trabajo hacer esto. Fue el trabajo de la niñera que ella despidió. Entonces, ¿de quién fue la culpa esta mañana? ¿Fue culpa de su padre? El papá que no estuvo aquí o su hijo. Hace años, él le dejó una larga carta que ella quemó después de leerla. Tal vez debería haberlo guardado para que JJ lo leyera cuando fuera mayor, pero había demasiada ira y falta de paciencia para hacer todo eso.

Jaylynn estaba tratando de ser una buena madre. JJ siempre estuvo en la mejor escuela que ella podía pagar, pero con su temperamento, duraba poco tiempo en cualquiera de ellas. O muerde o golpea a la gente. No importaba si era una escuela pública o privada, cualquier resultado era el mismo, y el dinero solo ayudaba mucho con una disculpa. A pesar de esto, era su sexta escuela en un período corto y se estaba quedando sin opciones y escuelas. Las opiniones de los maestros y consejeros eran las mismas: un niño terrible con problemas de ira necesitaba ayuda adicional.

Jaylynn no podía recordar cuándo JJ no siempre fue así, incluso antes de que su padre se fuera. Cuando era un recién nacido era el momento más tranquilo, pero después de que aprendió a caminar y hablar, esos días terminaron. Su padre no podía manejar eso, y su madre no podía aceptar su incapacidad para criar a su hijo.

Se acercaba el trabajo y redujo la velocidad de su automóvil, agarró la bolsa de su computadora portátil y corrió hacia el ascensor. Llegó treinta minutos tarde y estaba a ocho pisos de la empresa de marketing. Arrojándole todo a su secretaria y preparándose, corrió a la reunión.

–Pido disculpas a todos, el primer día de clases puede ser agitado.

Todos asintieron o mostraron sus pulgares en reconocimiento de haber entendido la situación, pero ¿comprendieron? Estaba segura de que podían relacionarse en algún nivel, pero no la persona sentada al frente de la mesa: su madre.

Capítulo uno

Una vez en el trabajo, Jaylynn tomó su ritmo e hizo lo que le gustaba, que era ganar dinero para su empresa, lo que a su vez le daba dinero a ella. Era buena en su trabajo y se consolaba mucho con que todos los demás la conocieran, incluso su madre, la jefa.

El día iba bien hasta que llegó su secretaria con un papel rojo que significaba que era urgente. Si tenía tres pistas, solo necesitaba una para saber que se trataba de JJ.

La nota simplemente decía:

Llamar a T.Nice

Sí, no me sorprende en absoluto. Los maestros de JJ siempre llamaban cuando había un problema con él. De su escucha, o no está participando, o le pegó a alguien. Eran las tres razones habituales, pero en este punto, sabía que si él hacía algo nuevo, no se sorprendería en absoluto.

Miró el reloj de su escritorio y suspiró. Al menos no era la mitad del día porque esos eran los peores. Tal vez no era tan malo como pensaba, pero sabía que una llamada a ella todavía estaba mal.

Capitulo dos

El primer día de clases había terminado y Tymothy ya estaba haciendo llamadas y tomando notas sobre sus hijos. No había necesidad de quedarse hasta tarde hoy, pero ¿quién sabía sobre el resto de la semana?

– ¿Cómo estuvo tu primer día?, preguntó Tim.

Becca, otra maestra, en su sección con los más pequeños.

-Bien. Todavía estoy aquí y estoy dispuesto a volver mañana, así que supongo que eso es bueno.

Ambos se rieron y luego Edith, la tercera maestra y mayor de su sección, entró con una pila de papeles.

–Aquí están las actividades para tus clases de la semana, dijo ella.

Tenía una sonrisa falsa en su rostro. Le gustaba Edith, pero quería diseñar sus actividades para su clase. Entendió que él era el único maestro varón en la escuela, pero Timothy conocía su trabajo; de lo contrario, no habría sido contratado.

Como punto de partida, ella dijo que él no podía atender las necesidades de todos los niños, no tenía tiempo para eso, y se suponía que su asistente Hilary tomaría el relevo y observaría sus viajes al baño porque siempre estaban demasiado tiempo, y estaba JJ y su hostilidad latente como ella lo llamaba.

Mientras se educaba, Becca se había escabullido silenciosamente, dejándolo con la loba. Tymothy sonrió porque podría haber sido el primero en la lista de Edith, pero ella era la siguiente. Finalmente, la conferencia terminó y Tymothy salió corriendo de la escuela para tomar el siguiente tren hacia sus hermanos. Desde que se mudó aquí, todavía necesitaba visitarlo, a pesar de prometerlo. De todos modos, se necesitaba un cambio de escenario, entonces, ¿por qué no visitar a la familia? No podría ser peor que lidiar con treinta niños pequeños la mitad del día, ¿verdad?

Capítulo tres

Después de bajarse el sombrero y cerrar los ojos, Tymothy durmió en el campo donde vivía su hermano. El conductor lo despertó para decirle que estaban en su destino. Una hermosa casa de ladrillos de dos pisos estaba frente a él. El olor a mocosos a la parrilla flotaba en el aire. La música country sonaba junto con los gritos de los niños.

Tymothy caminó hacia el patio trasero y encontró a todos allí divirtiéndose. Escuchó la risa cordial de su hermano elevarse sobre los otros chicos mientras bebían la cerveza. Patrick saludó a Timothy, pero Timothy le devolvió el saludo y entró antes de que Patrick pudiera objetar. Estaba aquí, pero eso no significaba que tuviera que socializar.

–¿Cómo te va, hermano? Escuchó antes de saber. Patrick lo había seguido al interior.

–Mi primer día de colegio y todo eso ha sido un día largo de trabajo. Estoy bien, Patricio. Lo hice aquí.

–Confía en mí, hermano, lo sé todo. Respondió, abriendo un gabinete que tenía vasos y botellas de alcohol. Puso un poco de vodka y un chorrito de tequila en el espejo y añadió un poco de hielo.

Tymothy observó a su hermano beber su cóctel. No sabía cómo podía beber tanto, con tanta frecuencia y seguir funcionando. Para Timothy, una cerveza era suficiente, y él no era fanático de eso, pero tampoco era un verdadero fanático de las cosas duras.

–Te dije que no seas un extraño, hermano; ¿Dónde has estado? No pensé que ibas a aparecer.

–Lo debatí conmigo mismo, pero como dije, lo logré aquí. ¿Podemos cerrar el tema?

–Considéralo cerrado, Tymothy, pero solo si te diviertes dándole a su hermano un plato de papel con bollos de salchicha y hamburguesas fritas y, por supuesto, una lata de cerveza para acompañarlo.

Tymothy nunca podría ser como su hermano Patrick, un ex atleta y ahora locutor deportivo de radio para una gran estación de radio. Patrick era el mayor, el más robusto, no necesariamente el más inteligente, pero sí el más valiente. Todo lo que intentó hacer fue algo fácil para él. No era que estuviera resentido con su hermano, solo deseaba una vida como la suya, y al paso que iba, no parecía que fuera a suceder.

Una buena esposa e hijos con una hermosa casa, ¿y qué tenía Tymothy? Un apartamento pequeño y sin fecha en meses. Pero se suponía que mudarse aquí a la gran ciudad ampliaría sus horizontes y aumentaría sus posibilidades. No iba a conocer a la chica de sus sueños por arte de magia. Claro, su hermano trató de arreglarle citas a ciegas, y él siempre quería sacarse los ojos después. Ninguno de ellos vibraba con él, y no quería un arreglo simple. Ayudaría si intentara un poco más en el departamento.

Tymothy miró a su alrededor y vio que la mayoría de las personas allí eran parejas. Eso no debería haberlo molestado, pero lo hizo. Se acercaba su momento, pero tendría que ser paciente. ¿No era eso una virtud?

Suspirando, Tymothy continuó comiendo en silencio mientras su hermano se mezclaba con sus invitados como debe ser un buen anfitrión. Dejó a un lado su trágica vida amorosa y se concentró en cómo pensaba manejar a treinta niños. Eso era más de lo que estaba acostumbrado, pero no podía dejar que nadie lo supiera, especialmente Ellen. Esta clase era el doble del tamaño al que estaba acostumbrado en su ciudad natal, y allí, el primer día, sabía el nombre de todos y su comida y programa de televisión favoritos.

Demasiado en qué pensar, y no se estaba divirtiendo como su hermano quería. Era hora de irse. Incluso antes de que terminaran las despedidas, llamó a otro taxi.

Capítulo cuatro

Finalmente llegó a casa, pero llamaron a la puerta y él supo quién era, su supuesta compañera de cuarto Mariah o la forma en que ella se hacía llamar Love lady. Ella era una artista ambulante que solía venir cada pocas semanas para descansar y ver cómo estaba. Como ella casi nunca estaba aquí, a veces olvidaba que incluso era su compañera de cuarto. Pero ella ayudó a pagar el alquiler y los gastos, así que a él no le importó.

Dejando sus bolsas en el suelo, corrió y lo abrazó. Era una chica hermosa con cabello rubio arena y muchas pecas. Tymothy una vez pensó que podrían tener una oportunidad juntos, pero el único amor que podía tener por él era como su hermano espiritual. Lo que sea que eso signifique.

–¿Cómo estuvo tu viaje esta vez? preguntó Tymothy, sentándose en su escritorio y repasando la lista de actividades para la semana.

–¡Como siempre grande y hermoso como el mundo debe ser visto! Mariah dijo con un salto en su paso. ¿Cómo fue el primer día en la nueva escuela?

Tymothy levantó la vista de sus papeles y vio lo bronceada y aún atractiva que estaba. Trató de no mirar, pero fue un fracaso épico de su parte.

–Tan bien como se puede esperar.

Ella se burló de él con el nombre infantil con el que a menudo lo llamaban Timmy. A pesar de que él mismo había pensado en eso, y puede que no suene romántico, estaba destinado a estar en su mente. En cuanto a hacer que las cosas crezcan... Ella fue capaz de hacer crecer plantas sin fertilizante con su sonrisa.

–Umm, no, tengo el doble de alumnos ahora que nunca, y ya me han comentado que no puedo llegar a todos, especialmente a los que sé que necesitan mi ayuda, como un chico; en mi clase... Sus pensamientos se dirigieron a JJ como si lo viera en clase.

–¿Qué hay de este chico en particular? preguntó Mariah.

–Bueno, pasa la mayor parte de su tiempo libre para sí mismo. No juega, y si alguien intenta hablar o hacer que participe, arremete. Debe haber una razón, y sé que puedo averiguar por qué.

Mariah se acercó a él y puso su cabeza entre sus pechos. Podía sentir el latido de su corazón, pero era bueno que ella no pudiera sentir el suyo.

–Relájate, Tymmy, dijo mientras le acariciaba la cabeza como si fuera un cachorro.

–Es tu primer día de la primera semana. No puedes proporcionar ninguna solución milagrosa todavía.

–Lo sé, pero quiero ayudarlo porque puedo. Necesito hablar primero con su madre para tener una idea de lo que está pasando.

–Tal vez sus padres se pelean o no le hacen caso.

–Es posible, pero no creo que sea así. De todos modos, basta de mis pruebas y tribulaciones. ¿Qué está pasando contigo?

–Genial... y genial.

–¿Y el sol y las playas?

–....Caliente, pero también un excelente ambiente para unas buenas pinturas.

–¿Qué tan caliente estaba? preguntó Timothy con picada curiosidad.

–¡Estaba hirviendo! ella respondió con una risita de niña.

–¿Este picor tiene nombre?

–Su nombre es Patrick, y es consultor de fitness.

-¿Que es eso?

–Es entrenador personal pero principalmente se refiere a otros entrenadores y gimnasios.

-Ah, OK. Esa es una nueva.

–Es una profesión en crecimiento, me dice, y lo hace bien.

–Está bien, entonces, ¿esto es serio entre ustedes dos?

–Todavía no, respondió ella con una mirada que significaba que si aún no era grave, quería que lo fuera. Pero esto confirmó su pensamiento de que pronto podría dejar de ser su compañera de cuarto.

–¡Tymmy, ya sé qué! Pidamos pizza y veamos una película.

–Claro, ¿qué película?

-¡Mujer guapa! Sabía que ella iba a elegir eso. Era su favorito y siempre quería verlo cuando regresaba de uno de sus viajes. Siempre la hacía feliz y lloraba.

Charlaron y se rieron mientras veían la película, pero Mariah lloró. Ella se quedó dormida en su regazo y cayó en la cama tan pronto como él tocó la almohada. Había una almohada y una manta para su comodidad, por lo que también se durmió.

Podía oler algo con un aroma excitante. ¿Era café? Debería haber dormido más, pero el olor a café era demasiado fuerte para soportarlo.

–Café, le pidieron.

–sí, el café sería genial en este momento. Dijo Timothy, tratando de abrir los ojos por completo.

–Una buena taza de café para empezar el día. ¿Ahora más deseos matutinos?

– *Para que seas mía* – Quiso decir, pero lo único que salió fue.

-¿Desayuno?

–Considérelo hecho, mi espacioso hermano espiritual. ¡Ahora ve y recompónte mientras te preparo el desayuno más irresistible de todos!

¿Qué más podía hacer él sino seguir sus órdenes con una pizca de placer?

Capítulo cinco

La escuela terminó para fines de agosto y la temporada de otoño
se acercaba lentamente, trayendo vientos fríos y hojas que caían.
Eso significaba que el Día de Acción de Gracias y Halloween pronto
estarían a la vuelta de la esquina para Timothy.

Timothy entró en la escuela trayendo una ola de hojas. A pesar
de que hacía frío afuera, la escuela era todo lo contrario, y tan
pronto como llegó a su habitación, su chaqueta estaba colgada en
su perchero.

Antes de sentarse, Edith irrumpió como las hojas con otra pila de
papeles.

–Habrá un simulacro de amenaza activa justo después del primer
período.

Timothy tranquilamente aceptó su pila de papeles.

–Gracias, Edith.

–Y, continuó como si no escuchara una palabra de lo que dijo.

–Becca se encargará del simulacro, y después, podemos enviar a los niños al patio de recreo, pero antes de eso, tendrás que hablar con tu clase de todo. Incluso he escrito algunos consejos y notas para ayudarte. Es lo que les digo a mis alumnos. Era como si le estuviera haciendo a Timothy el mayor de los favores.

-Entendido.

Tymothy le devolvió la sonrisa y se mantuvo bajo control porque quería decir que conocía el ejercicio y su importancia.

–Eso espero, Tymothy porque el director no nos avisará después de esto, y los simulacros serán sorpresas por el resto del año.

–Roger Edith.

–Además, están los memorandos cuando tenemos conferencias de padres y maestros y planes de lecciones para las próximas semanas.

Allí estaba ella, apoderándose de su salón de clases nuevamente. Pensó mientras sonaba la campana, anunciando el comienzo de la jornada escolar. Podía ver a JJ entrando como de costumbre enojado por todo, al parecer, abriéndose camino en el salón de clases.

Arnie, quien pasó la primera parte de su día en Estudios Especiales, fue traído por su asistente Hilary. Se escucharon los anuncios matutinos del intercomunicador y la canción de la escuela. Luego, Tymothy comenzó la historia que leería a su clase esta mañana. Nuevamente, un JJ habitual estaba junto a la ventana mirando hacia afuera mientras los otros niños estaban pegados, listos para su narración.

Arnie colgó su abrigo y pasó, saludando con la mano a JJ y diciendo repetidamente: 'Hola'.

JJ no dijo una palabra, nunca dijo una palabra. Sin inmutarse por la falta de respuesta de JJ, Arnie se sentó en su silla y dijo "Hola" a sus compañeros de clase.

Tymothy vio todo esto transpirar mientras leía, pero no hizo nada. Había un mejor momento, especialmente cuando iba a suceder el simulacro. Terminó el libro y luego preguntó a la clase.

–¿Alguien sabe qué es una amenaza activa? Sorprendentemente, varias manos se levantaron.

–Es cuando un tipo se vuelve loco y dispara el lugar.

–Bueno, algo así, Ricardo.

–Cuando un tipo con una bomba grita algo y lo hace explotar todo, intervino Lucas, haciendo efectos de sonido mientras hablaba. Los otros chicos, por supuesto, se unen para imitar ambos escenarios.

–Sí, estoy de acuerdo con tus dos respuestas de Hollywood, y por eso tenemos que prepararnos para situaciones como esa para que nadie salga herido o algo peor. Luego salió de la lista de verificación e hizo que todos practicaran mientras les mostraba qué hacer.

El verdadero problema sucedió tan pronto como el director llamó por el intercomunicador, y todos se amontonaron debajo de las mesas y se pusieron los brazos sobre la cabeza cuando sonó la sirena. Por supuesto, algunos gritaron y otros se rieron. Tymothy calmó a los que estaban tomando crema y solo sonrió a los que se reían.

En cuanto a JJ, estaba solo debajo de una mesa en la esquina, simplemente relajándose sin ningún sonido saliendo de su boca. El simulacro terminó a los tres minutos de comenzar el receso.

Las primeras semanas de clases fueron intensas tratando de que los niños salieran del patio de recreo y volvieran a la clase, pero aprendieron que cuanto más tiempo pasaban afuera, menos tiempo tenían para actividades más divertidas.

Este día pasó bastante rápido para Tymothy, y después de que terminó, Tymothy se dejó caer en su escritorio y repasó su mente como de costumbre.

¿Todo salió bien? ¿Enseñaba como él quería? ¿Los que pudo alcanzar aprendieron algo? Esas tres cosas eran las reglas que seguía todos los días, y hoy las marcó con una excepción: JJ.

El informe de progreso de JJ se destacó entre otros en su escritorio. Los otros niños se sintieron bien al necesitar mejorar los comentarios, pero aún así se le pidió a JJ que escribiera algo.

Miró el papel en su mano mientras golpeaba su pluma. ¿Quéescribir? Pudo notar que *JJ es un placer como siempre en clase* . Eso no era cierto. O podría escribir *JJ ha hecho un progreso significativo* , pero eso también fue diferente. Ahora podía ir por el otro lado y hacer una lista de sus preocupaciones. Aún así, siempre pensó en los informes de mejora. Era mejor permanecer en la zona positiva y dejar las quejas y los problemas para otras situaciones, como las conferencias de padres y maestros, que tuvieron lugar unos días después de que se publicaron los informes de progreso.

¿Algo positivo? Para JJ, buscaba en sus asignaciones. Tenía que haber algo optimista en su lote de proyectos: la mayor parte de su trabajo debía completarse si los había comenzado. Pero una cosa en la que podía ver que JJ era bueno era en colorear. Nunca se salió de las líneas, y los colores que escogió eran en su mayoría estándar pero hechos con estilo. fue algo bueno Tal vez tenía la aspiración de ser artista. Podía concentrarse en eso.

Tiene un buen concepto para dibujar y colorear para su edad. Es consciente de su entorno y lo utiliza en sus fotografías. Veo potencial. Pero su trabajo escolar y sus habilidades especiales de interacción necesitan mejorar. Dispuesto a ayudar en todo lo que pueda.

Eso es lo que escribió, y esperaba que ella lo leyera y tratara de ayudarlo y, en lo esencial, ayudar a JJ.

Capítulo Seis

El día de las conferencias de padres y maestros, un día que la mayoría de los maestros y padres temían pero Tymothy no, para él era hora de conocer mejor a los estudiantes a través de los padres, y si había alguna dificultad, esta era la mejor. manera de resolverlos. La mayoría de los padres que asistieron se presentaron o reprogramaron, pero los padres de JJ tampoco lo hicieron. Esperó hasta bien entrada la tarde por si iban a trabajar hasta tarde. Entendió las luchas de algunos padres, por lo que hizo concesiones. Decidió llamar a la oficina donde trabajaba la madre de JJ. No hubo respuesta, por lo que dejó un mensaje en el buzón de voz.

–Hola, este es el Sr. Nice. Tenía una cita con la madre y posiblemente el padre de JJ para una reunión en la escuela.

Eso fue todo lo que pudo hacer ese día. Al día siguiente no hubo devolución de llamada. Así que volvió a llamar a la mañana

siguiente y dejó otro mensaje de voz. Uno o más tarde, ella tendría
que presentarse o devolverle la llamada telefónica. Él contaba con
ello.

Capítulo Siete

A la mañana siguiente, Tymothy repasó las tareas mientras la clase estaba en la sesión especial de la biblioteca. De repente, JJ viene con una mirada triste en su rostro. Lo sentía mucho; parecía que iba a llorar.

–Hola, JJ. ¿Qué pasa?

–Mi libro de la biblioteca, no puedo conseguir uno nuevo hasta que devuelva el que tengo, pero no lo encuentro.

–Relájate, chico Lil. Lo encontraremos. ¿Lo dejaste en casa?

Lentamente negó con la cabeza, diciendo que no.

–No hay problema, revisemos tu mochila y asegurémonos de que no esté allí. Tymothy tomó la mochila y la abrió. Antes de cerrar la bolsa, Tymothy notó un familiar sobre incrustado en la escuela. Allí estaba, el libro que JJ buscaba a plena vista. La expresión de preocupación en su rostro se desvaneció y apareció una sonrisa cuando arrebató el libro de la mano de Tymothy y lo abrazó.

El informe de progreso!

Sacándolo, revisó para ver si había sido abierto. No lo había hecho.

–Está bien, JJ, te acompaño a la biblioteca para que puedas

conseguir tu nuevo libro.

–preguntaron JJ y Tymothy mientras caminaban por el pasillo.

–¿Tu mamá revisa tus tareas y tu bolsa cuando llegas a casa?

–No, respondió rápidamente

–Bueno, ¿quién te recoge después de la escuela?

-Mi mamá.

Tymothy sonrió y abrió la puerta del centro de medios para JJ.

Ahora entendió. La mamá de JJ estaba demasiado ocupada para devolverle la llamada o revisar su bolso para ver cómo estaba. No tenía más remedio que enfrentarse a ella directamente, lo que sucedería lo antes posible, muy probablemente hoy.

Llegó el final del día escolar, y Timothy terminó la clase cuando sonó el timbre y caminó con sus alumnos hacia el área de recogida después de la escuela en el estacionamiento. Los autos para recoger a los niños estaban alineados con los nombres de sus hijos en el tablero para que los maestros pudieran estar preparados para dejarlos ir. Tymothy escaneó el área y vio el nombre JJ en un automóvil con una mujer adentro. Él la reconoció instantáneamente solo por las muchas veces que ella traía tarde a la escuela.

Cuando llegó su turno, JJ corrió para entrar al auto y Timothy caminó hacia el vehículo.

–La mamá de JJ, ¿no?

Ninguna respuesta. Sólo una mirada de cansancio. Timoteo siguió hablando.

–Encontré el informe de progreso de JJ sin abrir en su bolso hoy.

–¿Por qué estabas en el bolso de mi hijo?

Tymothy se sorprendió por la pregunta y la acusación que estaba suponiendo.

–Le estaba ayudando a buscar su libro de la biblioteca. Estaba bastante desesperado por encontrarlo para conseguir uno nuevo. Ya que preguntaste, y así fue como encontré el sobre sin abrir empujándoselo a la cara.

–¿En su bolso? ¿En serio? Agarró el sobre y recibió el mensaje de que había malinterpretado su intención.

–Así es, y veo que aún no has tenido oportunidad de verlo ni de recibir los mensajes que te dejé en tu oficina y teléfono.

–Lo siento, Sr. Nice, ¿no es así? Me han abrumado respondiendo sin vergüenza ni culpa, sino solo declarando un hecho.

t–Es comprensible, pero cuando tengas tiempo, ¿podrías revisarlo?

Todo esto sucedió en menos de un minuto, y la mamá de JJ se fue sin decir una palabra más, dejando a Tymothy furioso.

Pero había hecho su trabajo y se alejó con los puños apretados. Su día había terminado en el trabajo y necesitaba irse. Saliendo a la calle, apretó las manos mientras caía la lluvia otoñal. Tenía un paraguas, pero no lo usó. Necesitaba calmarse. Esa primera conversación con la mamá de JJ salió bien. ¿Cómo era la situación en casa de JJ? La interacción con su madre no podía ser buena. ¿Por qué la hostilidad sobre su mochila? Tal vez fue desplazado por otras cosas en su vida, pero aun así...

Tymothy no se dio cuenta de que el auto aceleraba bajo la lluvia torrencial y apenas se desviaba, deslizándose mientras giraba para hacerlo saltar instintivamente fuera del camino. Después de golpear el suelo, rodó y se detuvo.

Escuchó voces pero no pudo entender nada. Enloquecido, vio dos manos alcanzarlo y ayudarlo a levantarse. Y se levantó, acercó a quien lo ayudaba y olió a jazmín. En cuanto a ver las cosas, todo era negro y azul. El negro venía de su cabeza, pero el azul venía de sus ojos.

<h1 style="text-align:center">Capítulo Ocho</h1>

-¿Hola? Sr. Nice, ¿está bien? Atrapándolo mientras tropezaba y Timothy la agarró y la atrajo hacia sí. La lluvia se volvió aún más molesta, y se complicó cuando Jaylynn convenció a Tymothy para que subiera a su auto hasta la puerta trasera del pasajero. Una vez dentro, Tymothy abrió los ojos para ver a JJ mirándolo desde el asiento delantero. Estaba jugando en su tableta y los sonidos de bing-bing eran como tambores golpeando en sus oídos. Se limpió la lluvia de la cara tanto como pudo. No importaba porque el resto de él estaba igual o más mojado. Jaylynn lo notó temblando y levantó el sombrero en su auto.

preguntó de nuevo. Ella había visto lo que había sucedido.

-¿Estás bien? -¿Tenemos que llevarte al hospital?

-No, estoy bien, solo un poco mojada y probablemente adolorida tarde. No hay necesidad de una visita al hospital.

Tymothy trató de sentarse, y Jaylynn captó la mueca que trató de ocultar en su rostro.

-Algo puede estar roto.-Tal vez deberíamos llevarte por si acaso.

-No, dijo Timothy, sacudiendo la cabeza, tratando de ignorar el dolor de cabeza que se avecinaba.

-Si pudieras dejarme en mi casa. Si no te importa. No es lejos de aqui. Si no, puedo caminar o tomar un taxi.

-me toca decir que no, te llevo.

La lluvia siguió cayendo como un cántaro interminable de agua en un cuenco de tierra.

¿Cuáles eran las probabilidades de que Jaylynn viera el accidente mientras se alejaba, irritada por este maestro? No le gustó la forma en que se acercó a ella durante la recogida. ¿Fue una especie de emboscada? ¿Era un informe de progreso en este sobre grueso que estaba en su auto? Ella había visto el accidente. Podría haber seguido conduciendo, alguien lo habría ayudado, pero no lo hizo. ¿Tal vez fue porque era el maestro de JJ? Mirándose en su espejo, pudo verlo desplomado en la espalda, sentado en silencio e inmóvil con los ojos medio cerrados.

– El siguiente giro a la izquierda es el edificio más allá de la cafetería.

Al pasar por la cafetería, Jaylynn no dijo nada mientras conducía hacia donde él habló.

Mientras conducía, Jaylynn miró a JJ, que seguía observando a su maestro y ya no estaba preocupado por seguir su juego.

–¿Estuvo divertida la escuela hoy, JJ? cuestionó, para mostrarle a su maestra que era una buena madre.

-Bueno. fue la única respuesta que obtuvo.

–Bueno, ¿qué hiciste?

-Nada.

Muy informativo. Pero esta era la conversación habitual que tenían Jaylynn y JJ si ella preguntaba sobre algo, especialmente sobre la escuela. Tenía la esperanza de que al menos pudiera fingir con su maestro en el asiento trasero, pero no tuvo tanta suerte. Ahora estaba segura de que esto solo fomentaba cualquier mala idea que este Sr. Agradable tuviera sobre ella como madre.

–JJ, susurró la voz de Tymothy.

–¿Por qué no le dices a tu mamá sobre el libro nuevo que compraste hoy en la biblioteca?

Podía ver la cara de su hijo iluminarse a través de su visión periférica antes de que esa luz cambiara rápidamente.

–¡Se trataba de viajar en el tiempo, ninjas!

–Esta es mi parada, dijo Tymothy.

Jaylynn condujo hasta la acera y detuvo el auto.

–Oye JJ, tal vez tú y tu mamá puedan leerlo juntas esta noche antes de dormir, volvió a susurrar, arrancando una sonrisa de su dolorido cuerpo. JJ le devolvió la sonrisa como si fuera una buena idea.

Jaylynn salió y abrió la puerta para ayudar a Timothy a llegar a su puerta. En ese momento, Mariah salió bulliciosa y vio el estado de su compañera de cuarto.

Corriendo hacia ellos con su paraguas, ayudó a Jaylynn a llevar a Timothy al dosel del edificio para protegerlo de la lluvia.

–¿Qué pasó, Tymmy? preguntó Mariah.

–Había un coche que casi lo atropella antes, y yo estaba allí cuando pasó. Jaylynn respondió por él.

–Soy Jaylynn.

–Soy la compañera de cuarto de Mariah Timmy.

–Él insistió en no ir al hospital; tal vez puedas hacerle cambiar de opinión.

Después de esas palabras, Jaclyn tomó su señal y se fue.

-¡Gracias! Tymothy gritó.

Jaylynn no respondió verbalmente; en cambio, saludó y se apresuró a regresar a su auto.

De vuelta en el coche, vio cómo los dos entraban fuera de la lluvia. Volviéndose hacia JJ, pudo ver que él también estaba mirando.

–¿Mr. Nice va a estar bien, mamá?

-Sí. Estoy seguro de que estará bien por la mañana.

–Eso fue malo de ese auto para hacer eso. Algunas personas son malas. El Sr. Nice está bien... agradable.

–No sé, JJ. No quería tener este tipo de conversación con JJ.

–Entonces, el señor simpático es, bueno... simpático pero ¿es un buen profesor?

–Sí, no es malo, y también es bastante divertido, dijo JJ casualmente mientras regresaba a su juego ahora que la emoción había terminado.

¡Guau! Escuchar esas palabras de su hijo de todas las personas significaba que este Sr. amable debía ser algo especial.

Capítulo Nueve

Tymothy se acercó al sofá y se dejó caer con un ruido sordo. Mariah se sentó a su lado y lo abrazó por un rato. Incluso cuando ella se levantó para prepararle un poco de té y caldo de pollo, no se dijeron nada entre ellos.

Tymothy tuvo que admitir que la combinación era buena cuando empezaron a beber y sorber.

Finalmente salió.–¿Necesitamos ir al hospital, Tymmy?

–No te preocupes, estoy bien, solo un poco magullado. Nada que una ducha caliente y descanso no puedan curar.

–Así que después de comer y descansar, dúchate y después duerme. ¡Órdenes de enfermeras!

Ambos se rieron y Mariah agarró el control remoto y encendió la televisión. Luego se abrazó a Tymothy para tranquilizarlo y darle calidez.

Tymothy suspiró profundamente, se sentía terrible, pero este momento se sentía perfecto. Con Mariah tan cerca, manejó varias emociones, ninguna que estuviera dispuesto a compartir con nadie, ni siquiera con ella. Sus ojos se estaban cerrando mientras miraba un comercial de analgésicos. Eso también sonaba bien...

Capítulo Diez

El sonido de una alarma hizo que Tymothy se diera cuenta de que estaba en la cama con el pijama puesto. ¿Cómo llegó aquí? No podía recordarlo, y cuando trató de sentarse, un dolor punzante le recorrió el costado. El dolor le recordó lo que había pasado ayer. Lo último que recordaba era acurrucarse con Mariah y quedarse dormido. Haciendo caso omiso del dolor, se apresuró a caminar hacia el baño. Al abrir la puerta de par en par, salió el calor y la niebla del vapor. Mariah estaba envuelta en una toalla de baño, afeitándose las piernas en el lavabo. La vista de su cuerpo semidesnudo y el cabello recogido hizo que el dolor que tenía dentro fuera un poco más bajo. Se dio la vuelta para alejarse, consiguiendo un rápido pero débil perdón con una sonrisa.

–Está bien, Tymmy. Termino en un segundo, y luego es todo tuyo.

Tymothy entró en la cocina, se sirvió una nueva taza de té y añadió más azúcar. También fue al armario y tomó algunas pastillas de Motrin.

-¿Cómo te sientes? preguntó Mariah mientras entraba para servirse un poco de té también. Estaba vestida ahora con una falda larga floreada con un top a juego.

–Mejor que ayer, dijo, tomando otro trago de su taza de té.

-¡Excelente! Sin embargo, ¿estás seguro de que podemos hacer novillos y ver películas de terror?

–Suena genial, pero estaré bien; sin embargo, un control de lluvia en la hookie.

Ella le dio un pulgar hacia arriba y lo besó en la mejilla mientras salía por la puerta mientras tomaba su bolso y su abrigo.

–Te veo esta noche, Timmy; tómalo con calma y mantente seguro.

-Tú también.

Después de que Mariah se fue, Tymothy se duchó y se afeitó para prepararse para su día. Solo quería caminar un poco hoy si era necesario. Todavía estaba funcionando cuando salí para llamar a un taxi. Llegó cinco minutos antes de que comenzara la escuela. Cuando sus alumnos entraron, estaban de buen humor, pero uno de sus alumnos generalmente estaba alegre. JJ entró con paso vivo y una sonrisa. En su mano, tenía una manzana y se la dio a Tymothy.

–Esto es para ti, dijo, ampliando su sonrisa.

-¿Para mi?

Tymothy tomó la manzana.

–Bueno, gracias JJ. ¿Elegiste esto por ti mismo?

–Sí, mi mamá me dejó hacerlo, y me dijo espero que te sientas mejor.

–Bueno, puedes decirle a tu mamá que le dije gracias por la manzana y la preocupación.

Este día podría no ser tan malo como pensó que podría ser. ¿Estaba progresando con JJ sin siquiera hacer nada?

Capítulo Once

El día de Tymothy fue relativamente tranquilo, considerando que la idea de casi ser atropellado por un automóvil no se entrometía en sus pensamientos felices. No, tenía que concentrarse en sus hijos. Él estaba allí para ellos; se preocuparía por sí mismo más tarde. Había terminado otro día de clases y era hora de irse a casa. Hoy paró un taxi; caminar demasiado no estaba en su lista de cosas por hacer.

De regreso a casa, se dejó caer en el sofá y se deslizó en una almohada para cerrar los ojos por unos momentos. El sonido de la puerta principal abriéndose le hizo abrir los ojos. Era Mariah radiante mientras saltaba hacia él.

–¿Cómo estás, Tymmy?

–Estoy tan bien como puede estarlo.

–En otras palabras, no está bien.

-Algo como eso.

-Suficiente sobre mí; ¿y usted?

–Bueno, ya que me lo pediste y voy a ir a una fiesta, me preguntaba si vendrías conmigo para apoyarme.

Tymothy no quería ser la tercera rueda, especialmente en sus sentimientos sobre varios asuntos, pero no quería decepcionar a Mariah.

–¿Cuándo es esta fiesta?

–Esta noche a las nueve de la noche.

–Claro, déjame dormir la siesta y te acompaño.

–Gracias, Tymmy, eres el mejor. No sé qué haría sin ti.

Él tampoco sabía qué haría sin ella, se dijo.

Capítulo Doce

Mariah se movía como un cometa sobre tacones de aguja con un vestido de aguja. Por lo general, Tymothy no tendría problemas para seguirle el ritmo, pero con su lesión, las cosas eran diferentes esta noche.

Estaban aquí en algún edificio rascacielos; Una vez dentro, Mariah se detuvo para ver si se veía presentable, lo que le dio a Tymothy la oportunidad de ponerse al día. El aire era frío, con la brisa otoñal bloqueada por las grandes puertas del vestíbulo y el calor central cuando los ascensores se abrieron para ellos.

–¿No es genial, Tymmy? ¿Quién sabe quién estará aquí? ¿Quizás posibles compradores de mi arte?

-Sí, eso estaría genial. dijo Tymothy, tratando de sacudirse el escalofrío.

–Y también, debe haber muchas damas elegibles para que elijas.

Tymothy no respondió verbalmente; él solo asintió y sonrió.

Si no era su hermano, Mariah estaba tratando de hacer de casamentera.

El ascensor se detuvo en el décimo piso y varias personas subieron.

Uno de ellos le era muy familiar.

Madre de JJ!

Sus ojos se encontraron con los de él cuando entró, pero con la cantidad de personas en el ascensor, no estaba seguro de si era ella. Si lo era, tal vez no la reconoció en absoluto. Para estar seguro, se escondió en un rincón mientras Mariah comenzaba a conversar con otras dos mujeres sobre su trabajo. No sabía por qué se escondía, pero tal vez la última vez que Tymothy la vio fue en un atropello y fuga, y ella lo estaba llevando a casa... ¡Qué tipo era! No recordaba mucho de ese momento al día siguiente; no podía recordar si le había dado las gracias por ayudarlo.

Inicialmente había pensado en la madre de JJ como un material de primera bruja, pero ahora no estaba pensando en esa línea. Fue un poco incoherente. ¿Por qué ella lo ayudó? ¿Fue por su hijo? Entonces eso significaría que ella se preocupaba por él y por lo que él pensaba, lo cual era bueno. JJ también señaló que la manzana fue idea de su madre, pero él eligió la que pensó que era la mejor.

La puerta del ascensor se abrió y todos salieron. Mariah agarró la mano de Tymothy y tiró de él hasta el entresuelo. Había un gran cartel que decía.

¡Todos bienvenidos! Solteros y Parejas! ¡Negocios y placer! ¡Disfruten!

¿A qué lo había llevado Mariah? Esta fiesta fue diferente de lo que esperaba.

Jaylynn estuvo aquí con un cliente que también era amigo. Ella no quería estar aquí, pero eran negocios y el placer del cliente. Tales cosas eran necesarias para su línea de trabajo. A ella le pagaban tan bien como a la empresa, así que al menos ese era el lado positivo. Su teléfono sonó una vez más; Ella sabía quién era. fue J. J. Se recordó a sí mismo que no debía decirle a su hijo que podía llamarlo en cualquier momento en una noche como esta.

Todavía tenía que encontrar una nueva niñera, por lo que tuvo que pedirle al ama de llaves Roasalita, de 60 años, que cuidara a JJ por ella a una tarifa doble. Rosalita había estado allí cuando el papá de JJ se fue, así que había un punto débil en su corazón para ellos. Era una mujer encantadora, pero mucho más allá de sus años de niñera. A JJ también le gustaba, lo que definitivamente era una ventaja.

JJ no estaba feliz de que su mamá tuviera que ir a trabajar por la noche. Quería tenerla en casa para jugar y leer cuentos antes de dormir.

Le envió un mensaje a JJ diciéndole que no estaría fuera hasta tarde y que se relajaría. Incluso le dijo que podía comer helado y galletas antes de acostarse, lo que generalmente estaba prohibido. Su táctica de soborno parecía funcionar por ahora. JJ comería hasta llenarse y luego, con suerte, se iría a la cama. Tenía que llegar a la fiesta ya su cliente. Mezclarse era la idea aquí mientras seguía a su cliente y, tal vez en el proceso, captaba nuevos clientes. Sus padres estarían encantados con eso.

–Disculpe, la madre de JJ, ¿no? escuchó la voz de un hombre detrás de ella.

–Umm, sí, Sr. Nice de nuevo. ¿Como estas?

–Estoy mejor, gracias a ti ya JJ.

–Estaba hablando con él. Intentando que se fuera a la cama.

–Tal vez deberías decirle Mr. Nice dice, nighty night

–¡Sabes que eso podría funcionar!

Ambos rieron, y luego hubo un silencio incómodo. Jaylynn sintió la necesidad de continuar la conversación.

-Lo siento. Todavía no he tenido la oportunidad de ver el informe de progreso. Era lo único en lo que podía pensar, y era una declaración verdadera; ella no lo había hecho.

–Está bien. Sé que eres una persona ocupada, fue la respuesta de Tymothy a Jaylynn.

–Jaylynn. Alguien llamó y Tymothy vio que una mujer mayor con cabello largo y negro se les acercaba.

-Tengo que irme ahora. Ahora estoy en el trabajo: el deber me llama. Jaylynn dijo mientras lo rozaba suavemente.

–Umm, se apresuró Tymothy. Yo... sólo quería decir... gracias por el otro día y gracias por la manzana. Todavía no lo he comido, pero... pensaré en ti cuando lo haga...

¿Él dijo eso? ¡Qué estupidez de decir!

–Recuerda, estoy pagando por tu tiempo y experiencia aquí, Jaylynn. La mujer de cabello negro le recordó. Jaylynn asintió, pero antes de irse, se volvió.

–De nada, señor Nice. respondió mientras su cliente la ponía en un grupo de trajes en la taberna.

Capítulo Trece

TOC Toc;

El sonido llegó a la puerta de la oficina de Jaylynn.

-Venir. Llamó, pensando que era su secretaria con los informes del día.

Era su secretaria con una pila de papeles que debían firmarse antes de que Jaylynn se fuera temprano para comenzar el día. Iba a sacar a JJ de la ciudad, y cuanto antes fuera, mejor...

–Está bien, firmaré esto y todo lo que tenga que pasar después de que me vaya; guárdalos hasta que vuelva a la ciudad.

–Entendido, Jaylynn. Y felices fiestas para ti y JJ.

–¡Bah patrañas! Ella respondió con una risa mientras se levantaba para salir de la oficina. Que tengas unas felices vacaciones. El lugar al que iría no sería una gran fiesta o una feliz.

Durante las vacaciones de Navidad, había luces por todas partes mientras Jaylynn conducía a la escuela para recoger a JJ. Una señal de que el año casi había terminado, ¿y qué tenía ella para mostrar? Cero. Nada. Nada. Ella estaba siendo dura. Tenía salud, trabajo y JJ, pero algo le faltaba... Otro año sin tener a nadie, otro año con JJ sin ver a su papá. Esto iba a ser un fastidio, pero era necesario estar en familia haciendo las fiestas, ¿no?

Por lo general, la escuela ya se estaba apagando y estaba repleta de luces y actividad. Los autos estaban por todas partes, listos para el momento de recoger a los niños y seguir su camino alegremente. JJ estaba listo y esperando dentro del programa extracurricular.

Corrió hacia su madre como si la empujara hacia la puerta.

–Adiós JJ, nos vemos en el Concierto Winter Wonderland esta noche. Estarás bien, gritó su maestro detrás de él.

¿Concierto de Winter Wonderland?

¿Qué fue eso? Cuando se iban, vio el cartel junto a la pared, pero JJ no había mencionado nada al respecto. Sí esta noche. ¿Cómo ella no sabía de esto? Eso explicaría por qué había tanta gente aquí. El concierto estaba en el auditorio en unos treinta minutos, lo que significaba pronto.

En lugar de ir al auto, se desviaron del auditorio, siguiendo a todos los demás y agarrando un pequeño papel con los detalles del concierto. La habitación se llenó de caos ya que los sonidos venían de todas direcciones. El nombre de JJ estaba en la lista de niños en el programa.

Agarrando su mochila, Jaylynn besó a JJ en la frente y le deseó suerte mientras se dirigía a donde los otros estudiantes se estaban preparando. Jaylynn encontró un asiento en la parte de atrás, lo que no le molestó porque todavía tenía una buena vista, especialmente grabándola con su teléfono. JJ la miró con los ojos azules de su madre y ella sintió el dolor del recuerdo.

Un piano comenzó la canción jingle bells, y los niños intervinieron.

Todos aplaudieron después de cada canción; notó que JJ cantaba y no pronunciaba las palabras. No tenía idea de que él conocía la letra de algunas de las canciones o que las había practicado. Cuando terminaron, fueron al auditorio, donde estaban sus profesores para el resto del programa.

Los ojos de Jaylynn se dirigieron al Sr. Nice, que estaba con sus alumnos chocando los cinco y chocando los puños por un trabajo bien hecho. Poco después, el programa terminó y todos comenzaron a salir como ratas en una alcantarilla.

Jaylynn se tomó su tiempo para salir; no tenía prisa por abrirse camino hasta su coche. De todos modos, primero tenía que llegar a JJ, y ese era otro tipo de lucha para llegar a él. Se sentó y tarareó las canciones navideñas cuando ella lo encontró mientras balanceaba las piernas. El Sr. Nice agitó las manos en el aire y dirigió la visión de JJ a su madre.

JJ era el único niño que quedaba ahora con el Sr. Nice.

–Está bien, JJ, cariño, es hora de que nos vayamos.

–Pero no quiero.

Volvió a cantar y balancear las piernas. Y Jaylynn sabía que estaba en uno de sus cambios de humor. Miró al Sr. Nice, quien solo le sonrió. No quería regañarlo frente a su maestra, pero tenían un horario que cumplir y se les estaba haciendo tarde.

–Buen trabajo hoy, JJ; te sabes todas las canciones como un profesional pero sabes que debes ir a casa y descansar tu voz para mañana.

–Él no estará en la escuela mañana Sr. Nice.

–¿No lo hará?

–No, nos vamos de la ciudad para las vacaciones a pasarla en familia.

–OH, SÍ, me lo mencionó. El abuelo con la casa grande y los animales.

–Solo perros y caballos. Ella se recortó.

-Está bien; JJ tiene una imaginación vívida; los perros y los caballos son como un zoológico; solo está llenando los espacios en blanco.

Jaylynn asintió con la cabeza. Él estaba en lo correcto; su hijo tenía imaginación.

–Dile adiós al señor Nice, y vámonos.

JJ seguía sin moverse, y Jaylynn estaba a punto de agarrar a su hijo por la oreja y sacarlo a rastras hasta que el Sr. Agradable volvió a hablar.

Casi lo olvido; Podría darte tu regalo ahora ya que no te veré.–JJ, lamento que no estés aquí mañana; Estoy seguro de que lo pasarás genial con tu familia. Te diré que. Puedes escribir todo sobre tu viaje que puedas recordar y volver a decírmelo a mí y a la clase también si quieres.

JJ saltó como poseído, listo y esperando su regalo.

El Sr. Nice metió su bolso y sacó una caja negra, entregándosela a JJ.

–Feliz Navidad, y puedes abrirlo tan pronto como tu madre diga que puedes.

–Gracias, Sr. Nice, pero no le conseguimos nada.

–Está bastante bien. Considérenlo como un agradecimiento por la deliciosa manzana que me dieron.

Jaylynn siguió a ed JJ hasta la puerta del auditorio.

–Mamá, ¿sabías que el Sr. Nice sabe todo sobre caballos como el abuelo?

Jaylynn volvió a mirar al Sr. Agradable, empacando sus cosas para irse.

–No, no sabía eso de él.

Ella sonrió mientras salían por la puerta hacia la calma de la tarde.

Había muchas cosas que ella no sabía sobre esto, Sr. Nice...

Capítulo catorce

El viaje habitual para ver a la familia sería como todas las demás
veces. La hermana de Jaylynn, Abigail, llamó para decirle que no
lo lograría este año. ¡Qué vergüenza! Ahora no había forma de
retroceder, no es que lo hiciera porque a JJ le encantaba el viaje.
Amaba a su familia cada.

La madre de Jaylynn siempre fue más dura con ella que con
su hermana. Ningún hombre fue lo suficientemente bueno para
ella, incluido el padre de JJ. Por supuesto, JJ nunca vio nada de
esta agitación; no se suponía que lo hiciera. En este momento,
estaba durmiendo profundamente mientras Jaylynn recogía sus
paquetes de regalos y bajaba las colosales escaleras que rodeaban
la casa de sus padres. Esta era su casa de invierno en la isla.
Había una suite principal en cada piso, tres de las cuales lo eran.
En la planta superior, se utilizaron tres habitaciones adicionales
para cualquier propósito deseado. También había un estudio, una
biblioteca y un comedor con todas las puertas corredizas de
madera.

Una cabaña albergaba al jardinero, el ama de llaves al aire libre,
el conductor y otros sirvientes nuevos en los terrenos. Para estar

disponible en cualquier momento, su madre prefirió que la ayuda esté en las instalaciones tanto como sea posible.

Su objetivo era poner los regalos envueltos de JJ debajo de uno de los dos árboles de Navidad antes de que sus padres pudieran darse cuenta y volver arriba con una conversación que no quería tener. Hasta ahora, todo bien, ya que colocó cada regalo cuidadosamente debajo de uno de los árboles más pequeños.

Trabajando duro, no se dio cuenta de que su madre estaba de pie con un regalo listo para poner debajo de un árbol. En su mano había una copa de brandy que le dio vueltas pero no bebió.

–Jaylynn, cuando hayas terminado, ven al salón y únete a tu padre ya mí. ordenó mientras dejaba el regalo debajo de un árbol, girando rápidamente y saliendo sin decir una palabra más.

Jaylynn entró en el salón y se sirvió una copa de jerez. Probablemente iba a necesitar más de uno antes de que terminara esta conversación.

–Te llamé para hablar de tu regalo de Navidad; su padre empezó

–Yo no pedí nada. Jaylynn respondió.

–No es cuestión de pedir o querer; es una cuestión de lo que nos gustaría darte, querida. Su madre intervino, sonriendo.

Jaylynn simplemente levantó su vaso y tomó un trago en señal de acuerdo. No había forma de ganar una discusión con su madre. Su padre posiblemente, pero su madre...

Su padre se sentó en su sillón reclinable de roble.

–Tu madre y yo queremos ayudarte con las cuentas de JJ por el resto de su ciclo escolar. Eso incluye la universidad.

–Yo... comenzó a decir Jaylynn, pero su padre levantó la mano.

–Sabemos que no necesitas que hagamos esto, pero como dijimos, no es filantropía sino un regalo de Navidad; por lo tanto, dé por cerrado el asunto.

-¿Cerrado? preguntó Jaylynn.

–Bueno, estaría cerrado, excepto que el otro día me devolvieron el cheque que envié al internado al que creía que iba JJ.

Jaylynn miró su vaso, que ahora estaba vacío. Quería tomar la botella en lugar de otro trago, pero esperó el resto.

–Dice que JJ ya no está. Su padre declaró.

–Pensé que estaba decidido que lo haríamos asistir a esa escuela, agregó su madre con severidad.

–Esa escuela no era para él, dijo Jaylynn, bajando la mirada a su vaso.

-¿Y eso que significa? Cuestionó su madre. ¿Él también recibió una patada de esa escuela? Esto no es algo bueno, Jaylynn; tienes que frenarlo antes... su madre se detuvo antes de decir nada más.

Su padre todavía estaba tranquilo, pero se llevó las manos a la cara con desconcierto.

-De acuerdo. Está bien, pero ¿adónde envío mi cheque entonces?

–No necesito el cheque, papá. El problema escolar de JJ se ha solucionado. Gracias por el gesto, sin embargo. Al decir lo que acababa de hacer, sabía que no sería el final sino el comienzo de una conversación completamente nueva.

–Bueno, en ese caso, al menos démosle una donación a la escuela. Lo que sea necesario para ayudar a nuestro nieto a obtener una educación decente. ¿Cual es el nombre de la escuela? Preguntó con lápiz y papel listos.

–Papá, no necesito tu cheque ni tu donación porque está asistiendo a una escuela pública. Lo dijo rápidamente, lista para sus caras de dolor.

Sacó la boca para gritar y miró hacia su esposo.

–¿Hablas en serio, Jaylynn? Sabes que esto no puede continuar.

–Es solo para enviar solicitudes a otras escuelas privadas este año. Esa era parcialmente la verdad, pero sus padres sí; No necesito saber eso.

–¿Por qué no contratar a un tutor privado o volver a mudarse aquí hasta entonces? Tu padre tiene contactos que pueden ayudarte.

Ahí estaba, la mente intrigante de su madre queriendo que ella y JJ regresaran al redil.

–Tu madre tiene razón, Jaylynn; Has estado solo el tiempo suficiente. Vuelva a nosotros y esté seguro y protegido.

Jaylynn se puso de pie y salió de la habitación sin decir una palabra más a ninguno de sus padres. Se había ido de aquí por una buena razón, por eso nunca regresó.

–¿Alguna vez pensó que JJ podría necesitar ayuda? Tal vez algunas cosas no están bien en su cabeza. Dijo su padre mientras ella salía por la puerta.

Eso fue lo único que dijo su padre que podría sonar a verdad. Pero lo fue? ¿Era tan malo su hijo? ¿No vio porque estaba demasiado cerca? Según su maestro, era bueno en otras cosas además de causar problemas, como leer y dibujar. Este Sr. Nice podría ayudarla con JJ. Parecía dispuesto a ayudar, pero ella no era de las que pedían ayuda a sus padres ni a nadie.

Capítulo quince

Tymothy levantó la copa y brindó por la televisión, diciendo:

-¡¡¡Feliz año nuevo!!!

Terminó el resto de su bebida mientras los disparos resonaban por todo el vecindario de su hermano. Estaba cuidando a sus sobrinos mientras su hermano y su esposa habían ido a una fiesta. No le importaba; disfrutó de su compañía. Al subir las escaleras para ver cómo estaban, Luke, el más pequeño, estaba acurrucado contra su cuna, durmiendo profundamente, y su hermano mayor, Max, se hizo un ovillo en medio de su cama. Tymothy agarró una manta y la tapó en caso de que se resfriara.

Tymothy esperaba que su hermano se estuviera divirtiendo. ¿Qué estaba diciendo? Su hermano siempre se divertía donde quiera que fuera; Él era solo ese tipo. Tymothy no tuvo que cuidar a los niños; podría ir a otra fiesta con Mariah, ser la tercera rueda y posiblemente terminar besando a una chica borracha que solo quería ese momento.

La puerta principal se abrió y escuchó a su hermano hablando con su esposa en un tono no tan bajo. La cara de su hermano no se veía muy feliz; en cambio, parecía cansado, como si estuviera molesto con su esposa. Tymothy no se atrevió a preguntar qué pasó, pero los vio subir las escaleras, se sirvió otra copa de champán y comenzó a ver la televisión. El cuidado de los niños se hizo por la noche para que pudiera relajarse y dormir en el sofá.

A la mañana siguiente se despertó con Max tocando su mano, tratando de despertarlo.

–Despierta, tío Tym; Papá está cocinando el desayuno.

–Pues en ese caso estoy despierto y muerto de hambre. Dijo, sentándose y frotando el cabello de Max.

Su hermano estaba cocinando un banquete de desayuno para el primer día del nuevo año. Panqueques, huevos, salchichas.

–Gracias Bro por cuidar a los niños anoche, dijo su hermano.

-No es un problema. respondió Timoteo. "¿Se divirtieron?"

–Sí, una gozada. Dijo muy débilmente mientras se servía una taza de café con una gota de coñac adentro.

–¿Dónde está Juana?

–Aún arriba, durmiendo ya el año nuevo.

Tymothy asintió con la cabeza de manera comprensiva y comenzó a desayunar.

El hermano de Tymothy se sentó frente a él en un extraño silencio y comenzaron a comer. Su hermano nunca fue tan callado. Era porque estaba sumido en una profunda reflexión sobre algo, y Tymothy no quería descarrilar su línea de pensamiento.

Después de comer, Tymothy decidió hacer una pregunta.

–¿Todo bien con ustedes dos?

–Oh, sí, las vacaciones son tiempos locos y con el nuevo año llegan cosas nuevas, eso es todo.

Esa no era la respuesta típica que esperaba de su hermano, pero no insistió en el tema.

Joan bajó las escaleras con una bata y una bolsa de hielo en la cabeza. Sin decir nada, se sirvió un poco de café y tomó tres Tylenol del armario.

–¿Por qué me dejaste beber tanto?

–Yo también bebí mucho, pero no me ves quejándome de eso, querida. Ella le preguntó a su esposo. Dijo con profundo sarcasmo y muy poca preocupación.

Este no era el hermano al que estaba acostumbrado.

–¿Estás bien, Juana?

Ella asintió.

–Sí, el primer día del año y mi primera resaca. Ella sonrió y se bebió toda la taza de café que acababa de servir.

–Seguro que mi querido esposo ya te ha dado las gracias, pero yo también te doy las gracias por cuidar a los niños.

–Como le dije, fue un placer que nos divirtiéramos jugando videojuegos.

–Me sorprende que no salieras con tu compañero de cuarto y te divirtieras de una manera única.

–¿Diversión especial?

-Usted sabe lo que quiero decir; sabemos que estás loco por ella. Será mejor que se lo digas.

–Déjalo en paz, Joan. Su hermano intervino.

–Claro, querido, respondió ella rodando los ojos.

–Pero yo estaba diciendo-

–Mariah y yo solo somos buenas amigas, Joan, y nada más. ella tiene a alguien

–Y tú no, ¿y eso qué te dice? ella añadió.

–Le dice que estás siendo entrometida como siempre, Joan.

–Sin ser entrometido, solo observador.

–Estás observando mal, Joan.

–Digas lo que digas, Tymothy, digas lo que digas, respondió ella, sonriendo desde su taza.

–Oye Hun, ¿qué tal si organizamos una cita a ciegas para Tymothy para el nuevo año? preguntó Juana.

–No le gusta concertar citas, Joan, lo sabes.

–Bueno, al menos quiero ayudar.

Tymothy no quería ni necesitaba su ayuda. Él pensó que ella debería estar más enfocada en su relación con su hermano, o tal vez ella estaba tratando de usarlo para que no se enfocara en eso. En cualquier caso, Mariah no estaba en su mente, al menos no en este momento.

Capítulo Dieciséis

Tymothy estaba de vuelta en casa y estaba haciendo la cena suficiente para dos en caso de que apareciera Mariah.

–¿Qué es ese gran olor, Tymmy? Escuchó desde la puerta.

–¿Nuestra cena si quieres?

–Genial, me muero de hambre. Entonces, ¿qué estamos teniendo?

-Lasaña vegetariana.

Mariah fue al armario y sacó una botella de vino y dos copas mientras Tymothy terminaba la lasaña y la colocaba en la mesa con una ensalada. Se sentaron y hablaron sobre el día en que Tymothy le contó a Mariah sobre su tiempo con su hermano, y Mariah habló sobre su fiesta de año nuevo en un yate en la playa.

–Eres el mejor como siempre, Tymmy, gracias por la cena. ¿Qué vas a hacer mañana?

-Nada. ¿Por qué?

-¿Qué te parece ir a comer? Encontré este nuevo lugar, y creo que te gustará.

-Eso es genial. soy un juego

–De hecho, podemos pasar el día yendo al gimnasio y abriendo el apetito.

–Creo que voy a trazar la línea en el ejercicio. Sabes que esa no es mi velocidad.

-Oh vamos. Tanto que hacer allí. Incluso puedes remar en una pantalla de un tiburón como Jaws.

–Está bien, está bien, me rendiré esta vez. Pero sólo por el almuerzo.

En realidad, quería decir no a hacer ejercicio pero no al almuerzo, pero su sonrisa seductora lo rompió como lo hacía la mayor parte del tiempo. ¿Saldría alguna vez de debajo de su hechizo? ¿Él incluso querría?

Capítulo Diecisiete

Tymothy se puso un par de sudaderas y camisas negras, mientras que Mariah vestía un par de pantalones de yoga rojos con una camiseta rosa y el pelo recogido en una cola de caballo.

–¿Estás listo, Tymmy?

–Claro, pero puedo no estar listo si das la orden.

–No hay posibilidad de que te diviertas, no te preocupes.

El gimnasio estaba completamente iluminado y no ocupado. El edificio tenía tres plantas. El primero tenía pesas y varias máquinas. El segundo piso tenía piscinas y raquetas, así como canchas de baloncesto. El tercer piso al que iban albergaba la sala de ejercicios grupales y sus sesiones de cardio. Afortunadamente, Tymothy salió de la clase de Zumba y prometió encontrarse con Mariah más de una hora abajo.

Sabía que le dolería más tarde, incluso para esta rutina de una hora, pero un poco de ibuprofeno y sueño, y debería estar bien, ¿verdad? No era un entusiasta del ejercicio y realmente no necesitaba serlo. Decidió ir a la cinta de correr, y las máquinas de remo eran más su velocidad.

¡Finalmente, Jaylynn iba a conseguir una nueva niñera para JJ! La pregunta era ahora, ¿cuánto duraría éste? Tenía que asegurarse de que, costara lo que costara, éste tenía que durar más que los demás. Empezó su música apartando los pensamientos de su mente y encendiendo sus auriculares Bluetooth. Respiró hondo mientras corría en la caminadora Nautilus. Podía ver gente y autos moviéndose por la calle desde su lugar. JJ estaba en casa en su habitación, probablemente leyendo o jugando, y este era su momento para desconectar de todo. La pregunta era: ¿Estaba funcionando?

Capitulo Dieciocho

Mientras caminaba/corría, Tymothy observaba a otras personas hacer sus rutinas. ¡En realidad había una persona que iba más despacio que él! A su izquierda había una mujer que vestía leotardos ceñidos a la piel y, mientras corría a paso ligero, sus nalgas rebotaban de un lado a otro. No pudo evitarlo. Era un hombre, un humano, para ser exactos. Además, había pasado mucho tiempo desde que había hecho algo más que solo mirar. Sus bolas azules ahora eran negras. Tymothy sonrió mientras continuaba observando el bonito trasero de la señorita. Su ritmo se aceleró en la caminadora. Realmente no se había dado cuenta de que solo sus piernas estaban prestando atención. La mujer que estaba mirando de repente se dio la vuelta y tomó a Tymothy con la guardia baja, casi haciéndolo caer. Por suerte recuperó el aplomo y volvió a su rutina. Pero la persona que admiraba sabía quién era por su rostro, no por su espalda. Pero, ¿cómo podría haberlo sabido?

¡Era la madre de JJ!

No creía que ella lo reconociera. Había una distancia razonable, y cuando ella se giró, no fue para mirarlo; él no lo creía así. Tymothy trató de no mirar, pero ahora que sabía quién era... Su caminadora se detuvo y se bajó, limpiando el asiento que había acumulado con una toalla.

La madre de JJ también terminó su rutina, nuevamente mientras se giraba para bajar la mirada, esta vez trabada en reconocimiento.

–Hola, nos reunimos de nuevo. Dijo, sonando sorprendido, lo cual estaba un poco.

–Hola, de nuevo, señor Nice. Ella respondió de la misma manera.

Estaba a punto de decir algo más hasta que vio a una mujer acercándose a ellos. El compañero de cuarto, por supuesto.

–Oye, Tymmy, ¿cómo estuvo tu entrenamiento?

–No está mal, me puse a sudar.

–Encantado de conocerte de nuevo, mamá de JJ. dijo Mariah, tendiéndole la mano.

–Puedes llamarme Jaylynn.

–¿Jaylynn? Mariah repitió y luego miró a Tymothy.

–¿Listo para el almuerzo, Tymmy?

–Claro, después de una ducha.

-¿Una ducha? Apostó a que se bañaron juntos; eran tan buenos compañeros de cuarto.

¿Por qué pensaría eso?

–Fue agradable verlo de nuevo, Sr. Nice. Me aseguraré de decirle a JJ que dijiste hola.

Eso fue todo lo que dijo mientras pasaba junto a ellos y bajaba las escaleras y salía del gimnasio.

Capítulo Diecinueve

El año escolar casi había terminado, y la siguiente mitad pasaría rápidamente. Las vacaciones de Navidad habían terminado y Tymothy estaba de regreso enseñando a sus hijos. La emoción y el temor de volver tanto para él como para los niños. Por lo general, lo hizo por su experiencia.

Como era la mitad del año, era hora de informarle a Edith sobre sus pensamientos. Estaba en su oficina al teléfono en su escritorio con papeles apilados a su alrededor como de costumbre. Al ver a Tymothy, le hizo señas para que se sentara.

–Lista para decirme qué está pasando con tus hijos mientras sacaba una carpeta de una pila como si estuvieran etiquetadas solo por un método que ella conocía.

-Sí, estoy preparado.

Tymothy revisó la lista de niños y Edith garabateó notas que parecían junto a cada nombre. Debe haber sido taquigrafía porque ella podía escribir tan rápido como él podía hablar.

–El último es JJ.

–JJ?

–JJ Somners.

–Sí, el chico con más problemas, parece.

–Los problemas han disminuido un poco, pero pasa todo el tiempo solo en clase. Le gusta leer y dibujar. Lo probé hoy, y sus signos de deterioro también. Antes de las vacaciones de Navidad, sentí que estaba llegando a alguna parte, pero ahora parece que está retrocediendo.

-Ya veo. ¿Sus padres te dan los mismos resultados que ven en casa? ¿Hay interrupciones significativas en su vida?

–No sé la respuesta a esas preguntas porque su mamá no contesta mis mensajes y tiene para su papá; nunca lo he visto JJ nunca menciona a su padre tampoco.

-Esto es muy extraño. ¿Crees que quizás tenga un caso de **TDAH o TOD?**

TDAH era Trastorno por Déficit de Atención con Hiperactividad, y lo contrario era ODD, que era Trastorno Negativista Desafiante. Tymothy no creía que fuera un caso de TDAH, pero el ODD era posible. Su prueba no fue tan profunda. Sabía que JJ estaba teniendo problemas y quería ayudarlo.

–Esto está fuera de mi rango de experiencia, Edith.

–Bueno, ¿crees que su madre estaría bien con algunas pruebas?

–Otra vez, no lo sé. Parece que le importa, pero en otros momentos puede ser indiferente.

–Esto es lo que haremos. Ponte en contacto con ella y fija una reunión, y luego veremos cómo fluye el resto.

-Entiendo. Gracias, Edith.

–No, gracias por traerme esto a la atención y ser dedicado en su Tymothy. Necesitamos más maestros como tú.

Esas palabras de Edith eran convincentes, pero realmente no importaban si no podía ayudar a JJ. Era hora de hacer otra llamada a la Sra. Somners.

Capítulo Veinte

Jaylynn entró y encontró un poste rojo en su escritorio. Era del maestro de JJ otra vez. Estaba acostumbrada a estas notas. Diferentes colores denotaban diferentes razones por las que llamaría. Este era rojo, lo que significaba urgente según su secretaria, quien le dijo que no podía ignorarlo.

La nota decía T.Nice. ¿Otra vez el maestro de JJ? Ella no estaba sorprendida. Siempre fue algo. Este mensaje decía que quería tener una reunión. ¿Por qué esta vez? El comunicado no decía. Si ella los ignoraba, él no se detendría, así que ella podría tener la discusión y acabar de una vez. Solo quería saber por qué todo con JJ era tan difícil. ¿Alguna vez iba a mejorar?

El Sr. Nice tendría que esperar. Tenía una reunión importante a la que tenía que asistir. Pero sí se preguntó qué tan cerca estaba él de su compañero de cuarto. Parecía protectora con él. Tal vez de una manera fraternal. ¿Por qué era de su incumbencia?, pensó mientras cruzaba el pasillo hacia la sala de reuniones. ¿Curiosidad? ¿Por qué seguía pensando en esto cuando abrió la puerta para ver a todos esperándola? Su mente debería estar en el trabajo, no en Mr. Nice.

Capítulo Veintiuno

Tymothy estaba en una reunión propia con una madre enojada. Ella estaba aquí por Danny, uno de sus estudiantes, y Edith le entregó formularios para completar y firmar. Tenía que firmar los mismos documentos cada vez que se pasaban los papeles. Las condiciones fueron para el consentimiento y el método de prueba para Danny con respecto a su cociente intelectual (CI). Cuando se evaluó y obtuvo una calificación baja, entonces tendría una discapacidad. Si las miradas pudieran matar, tendrían su funeral después de la reunión.

–Entonces, ¿necesitas probar a mi hijo, y ella es un tonto? preguntó la madre de Danny.

Tymothy empezó a decir algo, pero Edith intervino.

–No, es para ver qué tan inteligente es. Es posible que el cerebro de Danny funcione diferente al nuestro y necesite un método diferente de enseñanza y estudio. Nuestro trabajo, y su trabajo como madre, es ver que podamos encontrar todas estas cosas y más. ¿Lo harías en su lugar, suponemos?

Tymothy tuvo que admitir que Edith sabía lo que estaba diciendo e involucró a la madre de Danny, y si no consientes, entonces eres parte del problema, responde.

Después de eso, no dijo nada más y simplemente firmó todo sin dudarlo. Despues de que se fueran. Tymothy y Edith estaban solos.

–¿Estás bien, Tymothy? Lo siento, tuve que ser así, pero a veces hay que ser más duro con los padres que con los estudiantes.

–Entiendo, Edith; es difícil, especialmente cómo me miró.

-Estarás bien. He visto y oído cosas mucho peores. Ahora, ¿qué hay de los padres de JJ?

–No hay respuesta todavía, lo cual es normal. Dejaré otro mensaje.

–Si es necesario, puedo hacer que nuestro jefe le llame.

–Déjame seguir intentando mi camino un poco más.

Tymothy salió de la oficina y regresó a su salón de clases para buscar sus cosas. Es hora de ir a casa y tratar de llamarla una vez más.

————————

¿Por qué estaba haciendo esto? Estaba marcando por millonésima vez a la madre de JJ. Sabía que ahora tenía una secretaria que conocía muy bien su voz.

¿Pensó que realmente podría hablar con ella o que ella realmente le devolvería las llamadas telefónicas?

Anillo, anillo, anillo:

–¿Oficina de Summers y Bradley? ¿Quien llama?

–Un Tymothy Nice para una Jaylynn Sommers

–Hola de nuevo, Sr. Nice, como de costumbre, ella no está, pero ¿puedo tomarle un mensaje?

–Como siempre, sí, puedes, pero ¿podrías responder una pregunta esta vez?

–¿Si puedo, señor Nice? ¿Qué es?

–¿Puede decirme por qué su jefe no me devuelve los mensajes o las llamadas?

–Es una mujer muy ocupada Sr. Nice.

–Eso lo entiendo, pero se trata del pecado de ella y el bienestar de él. ¿Quieres decirme que está demasiado ocupada para eso?

–Ese no es mi lugar para decir, Sr. Nice.

–Tienes toda la razón; no es tu lugar pero otra pregunta si no te importa. ¿Cuándo está libre en su horario hoy?

–Ahora esa es una pregunta que puedo responder, Sr. Nice. Estaba viendo hacia dónde se dirigía la maestra.

–Ella es accesible en una hora. ¿Me lo pongo para entonces?

-Si muchas gracias.

–Puede que te arrepientas de esto, pero al menos te tengo en la puerta; Sr. Nice, esté aquí en una hora.

Tymothy esperaba que lo que ella hiciera no le causara muchos problemas, pero apreció su ayuda. Tymothy no tuvo mucho tiempo para prepararse y tomar un taxi. Habría tomado el tren, pero necesitaba velocidad, y un taxi con el incentivo adecuado podría hacer maravillas en esta ciudad. Lo hizo con diez minutos de sobra en el edificio donde trabajaba la madre de JJ. Le sudaban las palmas de las manos y estaba nervioso. ¿Pero por qué? Por un lado, este era su dominio, no el salón de clases donde él gobernaba. ¿Qué iba a decir primero? ¿Se le daría la oportunidad de decir algo?

A través de las puertas del ascensor y hasta el décimo piso, caminó hacia una pequeña sala de espera donde un bibliotecario con mechas plateadas y anteojos estaba haciendo un Sudoku. Cuando vio a Tymothy, instantáneamente sonrió y dejó de hacer lo que estaba haciendo.

-Señor. ¿Agradable?

-¿Sí?

–Finalmente, acércate a mí después de todas nuestras conversaciones por teléfono.

–Espero que no te metas en problemas por esto.

–De nada, señor Nice. Es mi trabajo programar citas. Ahora, si ella no desea verte o hablar contigo, ese no es mi problema, agregó con un guiño.

Recibió el mensaje. Ella lo llamó a la puerta, y el resto dependía de él. Ciertamente nunca quiso estar del lado equivocado de esta dama.

La secretaria presionó el botón de voz en su teléfono.

-¿Sí? Escuchó la voz de Jaylynn desde la oficina.

–Su próxima cita está aquí, señora.

– ¿Tenía otra cita hoy?

–Sí, señora, ¿a última hora lo hago pasar?

–Claro, ya que está aquí.

–Mi parte está hecha, Sr. Nice. Que la fuerza y todo lo demás te acompañe dijo con otro guiño.

¿Iba a ser tan malo? Estaba a punto de averiguarlo.

Capítulo Veintidós

¿Cuál era esta cita que se suponía que tenía? No aparecía nada en su agenda. ¿Se olvidó de dejarlo? Si ese era el caso donde había una razón por la que tenía una secretaria, todavía sentía que estaba mal. ¿Quizás por la situación con JJ? Él no había estado durmiendo bien debido a los terrores nocturnos, y como él no dormía, ella tampoco dormía.

La puerta se abrió y entró el señor Nice. Jaylynn se sorprendió. ¿Fue esta la reunión de la que se olvidó o incluso bloqueó su mente? Entonces se dio cuenta de que el Sr. Nice estaba esperando escuchar algo de ella.

–Hola de nuevo, señor Nice. ¿Teníamos una reunión programada? preguntó mientras le indicaba que se sentara frente a ella.

–No hasta antes, cuando me enteré de que tenías este tiempo libre y tomé la iniciativa de programarme. Mis disculpas si esto estropea tu día, pero como no devuelves mis llamadas, decidí que esta era la mejor manera.

Jaylynn debería haber estado enojada primero con su secretaria y luego con este maestro, pero tuvo que admitir que él tenía algo de coraje para hacer lo que acababa de hacer. Su secretaria probablemente también vio esto y le dio la oportunidad de enfrentar al jefe. Obtuvo felicitaciones o eso. La cuestión era que ella sabía por qué estaba él aquí. Sabía acerca de los mensajes y no los estaba ignorando, pero no solo quería lidiar con ellos en ese momento.

–Estoy haciendo una suposición descabellada y asumiendo que se trata de JJ.

-Sí, lo es. respondió Timoteo.

–Él tiene problemas, ¿y usted tiene preocupaciones sobre estos problemas?

-Si y si. Tymothy respondió de nuevo.

–Vale, ¿qué tienes que decirme?

–Se trata del progreso escolar de JJ.

Eso no era nada nuevo para Jaylynn, pero se retiró porque la mayoría de los maestros de JJ generalmente comenzaban con su comportamiento y no con su trabajo escolar.

–Antes de las vacaciones, sentía que estaba progresando, pero después, él está volviendo a un estado anterior.

Jaylynn asintió con la cabeza.

–Creo que hay alguna obstrucción con su aprendizaje y me gustaría realizar algunas pruebas en la escuela para determinar cuál es esa obstrucción. Tal vez podamos arreglar esto si podemos detectarlo temprano.

–¿Es eso, señor Nice? Parece una solución sencilla. Puedo conseguirle un tutor para que le ayude. No hay necesidad de pruebas.

–No, hay más, Sra. Somners. También está el problema de su comportamiento e interacción con otros niños. Es posible que tenga una discapacidad de aprendizaje, por lo que un tutor lo ayudaría, pero no creo que solucione el problema.

–Ya veo, ¿y supiste darte de alta en estas pruebas para ver si JJ tiene algún problema de aprendizaje?

–Sí, si no creyera que estos son necesarios, Sra. Somners, no estaría aquí en su oficina hablando con usted en este momento. Mi preocupación es que JJ obtenga una buena educación, así que sí, esperaba que pudieras despedirte, pero también necesito tu ayuda porque conoces a JJ mejor que nadie, incluyéndome a mí.

Los ojos de Jaylynn se abrieron de par en par. ¿Qué se suponía que debía decir? Sabía que su hijo tenía un problema, al igual que todos, y si podía averiguar cuál era, la vida de ambos sería mucho mejor. Esto es lo que necesitaba JJ, y el Sr. Nice estaba dispuesto a ayudar.

– Sr. Nice, ¿tiene alguna idea de lo que le pasa?

–No diría que le pasa algo per se; Creo que es un gran chico con un bloqueo, algo así como tener la nariz tapada y no poder respirar; como dije, con su ayuda, podemos encontrar y eliminar este bloqueo.–Sr.

Este Mr.Nice hablaba en serio sobre todo esto. JJ necesitaba que alguien creyera en él, como este maestro.

–Hace buenas presentaciones, señor Nice. Ayudaría si vinieras a trabajar aquí. Estoy de acuerdo en hacerme estas pruebas. Dígame, secretaria, el día y la hora desde que ustedes dos se conocen bien y estaré allí. ¿Terminaron por ahora?

–Sí, y gracias por su tiempo Sra. Somners. No te arrepentirás de esta decisión. Esto hará que JJ sea un mejor niño.

Ella esperaba que sí; pensó para sí misma mientras él salía de su oficina.

Esa pequeña esperanza la hizo sonreír.

Una linda sonrisa.

Capítulo veintitrés

Jaylynn estaba sentada en el pasillo de la sala de conferencias cuando salió el Sr. Agradable.

–¿Está lista, Sra. Sumners?

-Sí.

-Por aqui por favor.

–Permítanme presentarles a todas las partes presentes:

Jaylynn inclinó la cabeza, diciendo que entendía.

–Este es Harold Jones, nuestro director; junto a él está Edith Stevens, jefa de mi sección, y finalmente, Ruth Martin, nuestra psicóloga escolar itinerante.

Tymothy dio su informe sobre el progreso y el comportamiento de JJ y, después, Edith se hizo cargo.

–¿Podría hablarnos sobre la historia escolar previa de JJ, Sra. Sumners?

JJ ha estado en varias otras escuelas pero necesita adaptarse mejor. Estaba segura de haber captado el mensaje subyacente de que lo habían expulsado.

–¿Y cuál fue la época más prolongada de estas escuelas, si se acuerda? preguntó Edith.

–La última semana y las tres semanas como máximo.

Había un memorando de notas de todos menos del Sr. Nice.

–Entre escuelas, ¿qué hacía JJ?

–Se quedó en casa y dio clases particulares.

–¿Y cómo fue eso?

–Más o menos lo mismo que si estuviera en la escuela, se podría decir más extremo.

–Y cuando estaba tutorizado, ¿quién estaba con él durante el día?

–El ama de llaves o niñera. Jaylynn respondió.

–¿Puedes hablarnos del día en que nació? Por ejemplo, ¿alguna complicación durante el parto o después?

–Ninguna que yo recuerde.

–¿Usaba drogas o alcohol mientras estaba embarazada de JJ?

–No, dijo Jaylynn con una N dura.

–¿Cómo es JJ con su padre?

–Hace años que no ve a su padre. No hay comunicación con él en absoluto.

Tymothy vio que podrían estar llegando a alguna parte. Ningún padre en la foto. Pensó que la madre de JJ seguiría hablando del padre pero lo que dijo era más o menos lo que iba a decir, que no era otra cosa.

Edith siguió revisando su periódico.

–¿JJ ha sido un niño bastante saludable?

–Si tiene.

–¿JJ pregunta por su padre?

-No. Otra N dura

Otra N dura. –¿JJ ha recibido terapia alguna vez?

-No.

Edith le pasó un papel a Jaylynn.

También se le pasó otro papel. Este es un formulario de consentimiento médico para que podamos hacer que JJ se revise con un chequeo actual. Este formulario nos permite evaluar a JJ más allá de los medios médicos para determinar dónde radica su problema. Yo las llamo las formas médica y mental. M&M para abreviar. Edith sonrió y Jaylynn le devolvió la sonrisa. Una bonita y pintoresca broma para calmar la tensión. No es de extrañar que ella estuviera hablando todo el tiempo.

Jaylynn miró los dos formularios, pero eso fue todo lo que hizo.

Harold, el director, finalmente decidió decir algo.

–Sé que esto es mucho para asimilar, pero algo debe hacer que su hijo no logre sus metas dentro y fuera de clase. No podemos avanzar más en nuestro análisis hasta que firme los formularios.

-Déjame pensar acerca de esto. dijo Jaylynn, poniéndose de pie y saliendo de la habitación; todos, incluido Tymothy, estaban estupefactos. Pensó que ella firmaría ahora, y luego podrían comenzar de inmediato. Decir que estaba triste por lo que acababa de suceder era quedarse corto. Pero no había nada que pudiera hacer ahora excepto esperar hasta que ella pensara las cosas. Es cierto que fue mucho para un padre, pero a largo plazo, todos aquí querían lo mejor para JJ. Entonces, ¿cuál era realmente el problema en el que pensar?

Capítulo Veinticuatro

La nieve en la gran ciudad durante el invierno era algo normal, pero eso significaba que si era terrible, todo cerraría, incluidas las escuelas. Como Jaylynn no tenía una nueva niñera, tendría que quedarse en casa con JJ. Por supuesto, fue tan malo que incluso su oficina le dijo que se quedara en casa al menos por el día.

Mientras hacía las llamadas necesarias, JJ bajó, tratando de despertarse por completo.

-¿Tiempo para la escuela?

–No JJ, no hay escuela hoy.

-¿Pero por qué?

–¿Qué tal si echas un vistazo afuera?

JJ se acercó al gran ventanal y abrió la cortina.

–¡Vaya, la nieve es tan genial! ¿Podemos hacer ángeles de nieve?

–Tal vez después de comer algo y vestirse adecuadamente.

-No tengo hambre; Quiero hacer ángeles de nieve.

–Harás lo que te diga, joven. Soy el adulto aquí. No tú.

Gimió y gimió y comenzó a hacer pucheros.

Jaylynn se puso de pie y lo llevó a la mesa de la cocina, donde le sirvió cereal.

–¡Pero yo no quiero desayunar! ¡Angeles de nieve!

Luego comenzó el pisoteo de sus pies y la repetición de ángeles de nieve una y otra vez.

Eso fue lo último de la paciencia de Jaylynn esta mañana.

–Por tu actitud, no salir a la calle, ¡y ya!

JJ subió corriendo las escaleras y el tema musical de Bob Esponja se podía escuchar muy fuerte en su habitación.

Jaylynn suspiró y comenzó a trabajar en las tareas que podía desde su computadora.

Jaylynn que vendría el tema de su padre, lo que podría traerle recuerdos terribles que no quería que sucedieran. Deseaba saber cómo comunicarse con JJ. Puede ser necesario, después de todo, administrarle las pruebas. Sus pensamientos volvieron a su trabajo, y alrededor del mediodía JJ todavía no había bajado. Decidió subir a ver cómo estaba, y él estaba viendo Bob Esponja con la televisión todavía alta.

–¿Te importa si miro contigo?

JJ solo miró a su madre y se encogió de hombros. Ambos se rieron de ciertas partes y vieron otro episodio sin conversación.

-Tengo hambre. ¿Qué tal si bajamos a comer algo o tal vez intentamos pedir una pizza?

–¿Con mucho queso?

–¿Qué tal rellenos de triple queso?

Vio el hilo de una sonrisa en su rostro, y eso fue suficiente para ella.

Estaba enviando una pizzería, pero le costó un brazo, una pierna y algunos dedos conseguir que un chico le llevara algunas pizzas, pero si iba a hacer feliz a JJ por el momento, valió la pena.

Mientras comían, Jaylynn decidió hacerle algunas preguntas a JJ.

–¿Te gusta la escuela, JJ?

Negó con la cabeza, respondiendo que sí mientras se llenaba la cara de pizza.

–¿Es Mr. Nice un buen profesor, crees?

Otro asentimiento, pero esta vez fue seguido por un,

-Por supuesto.

–¿Solo seguro?

–Es genial y, como dice su nombre, simpático. No nos grita, ni siquiera a mí.

-Ya veo. ¿Qué más te gusta de él?

–Él también es divertido a veces. Él actúa como nosotros. Como nuestra edad.

-¿Cómo es eso?

–Hace bailes divertidos, canta y hasta nos cuenta chistes tontos.

–¿Cuál es uno de sus chistes tontos?

–¿Cómo se planifica una fiesta espacial?

-No te conozco. ¿Cómo?

–Tu planeta. JJ se rió después de decir el remate.

Jaylynn sonrió. Esa fue una broma tonta. Uno que ella podría decirle a cualquiera y en cualquier lugar.

–Está bien, ese fue un buen chiste. Es posible que tenga que usarlo en la oficina en algún momento.

-¿En realidad?

-Sí.

–Me alegro de que te guste Mr. Nice, que te hace reír.

-Hola mamá.

–¿Sí, JJ?

–Como no hay escuela y no puedes ir a trabajar. ¿Quieres jugar a los videojuegos?

–Claro, pero tenemos algo más que hacer primero.

-¿Que es eso?

–¡Hace unos ángeles de nieve!

–¡Guau! JJ gritó mientras devoraba el resto de su pizza, haciendo reír a Jaylynn.

Deseaba que hubiera más días como este. No sobre la nieve, sino sobre los momentos que pasaban juntos.

Capítulo Veinticinco

El olor a ajo y pollo al horno estaba en el aire. Tymothy estaba en el sofá bebiendo una copa de vino de limón italiano mientras observaba a Mariah limpiar los platos y ponerlos en el lavavajillas. El puré de papas y las judías verdes fueron los platos de acompañamiento, ya que sobraron, lo que significaba sobras para el trabajo de mañana.

Para él era un bonito regalo tener que trabajar hoy por culpa de la nieve. La ciudad entera estaba en modo de apagón, y llegaron los cierres que inhibirían cualquier tipo de viaje o trabajo, excepto para el personal de emergencia. En su antiguo trabajo, rara vez nevaba, así que esta era una nueva experiencia que quería disfrutar.

–Mariah, esa fue una gran comida. Tymothy agregó con un doble pulgar hacia arriba. Mariah pasaba más tiempo aquí ya que su chico nuevo estaba constantemente ocupado. A Tymothy no le importaba. No le importaba ni un ápice.

–Pensé que era mi turno porque tú sueles cocinar. Sabes que yo también tengo dotes culinarias, respondió ella con el pelo recogido y vistiendo un kimono con un par de calzas de seda.

-Hazlo. Tymothy respondió, admirando la comida y su compañero de cuarto mientras ella limpiaba.

–Entonces, Tymmy, ¿has pensado en salir de nuevo?

Su ensoñación se desvaneció tan pronto como escuchó esa pregunta.

–¿Por qué haría una pregunta así?

–Solo me preguntaba. Ha pasado un tiempo, y me preocupo por ti.

–Bueno, lo he pensado.

-¿En realidad?

-Sí.

-¿Y?

–Y nada todavía. Es un trabajo en progreso.

–Ya sabes, en vez de salir conmigo. Podrías estar en un bar hablando con una linda chica solitaria y tal vez sobornarla para tomar una copa.

-¿En serio? ¿Crees que ese es mi estilo? preguntó Tymothy, bebiendo vino de un trago en el punto de esta conversación.

–No, no eres tú, pero quizás deberías cambiar tu estilo.

-¿Mi estilo?

–Sí, o incluso qué tipo de chica te gusta. Tienes que empezar en alguna parte. ¿Quieres decirme que has visto a alguien y has dicho que sí, me gustaría hablar con ella?

–Además de su compañía, solo había otra persona recientemente, la mamá de JJ, pero él no podía volver a mirarla de esa manera. ¿Podría el? Le acababa de enterar que el papá no estaba en la foto, pero eso sería un conflicto de varios intereses.

¿no es así?

Capítulo Veintiséis

Tymothy no sabía por qué estaba pensando esas cosas sobre la Sra. Somners. Estaba seguro de que ella lo odiaba de todos modos por la situación con JJ. Claro que había una atracción de su parte, pero los dos como pareja.

Los días y las semanas pasaban volando con menos nieve y más sol. Los niños estaban ansiosos por no poder salir a jugar en la nieve, pero había demasiadas incógnitas para que la escuela permitiera que eso sucediera. La primavera era lo que estaban esperando; La Navidad era lo único importante para ellos, y el Año Nuevo solo era necesario para los adultos, lo que dejaba solo la paciencia de la primavera por venir.

Era la hora del salón de clases, y JJ estaba en su rincón habitual mientras los otros niños hablaban y bromeaban hasta que logró que se callaran. Su puerta se abrió y Edith entró sonriendo. Cerró la puerta detrás de ella y señaló hacia la esquina.

–JJ, ¿verdad?

Tymothy asintió.

Edith se acercó a él y se arrodilló. JJ dijo y no hizo nada mientras Edith intentaba comunicarse con él. Eventualmente, se dio por vencido y se paró en la esquina opuesta frente a él, solo mirando.

Tymothy sabía por qué Edith estaba aquí para poder verlo por sí misma y agregar información al informe. Continuó como de costumbre con la clase, repasando las palabras deletreadas, bailando las letras y poniéndolas todas en una canción divertida. Después, fue un momento de cuentos y debates, pero JJ aún no se había movido de su rincón.

Tymothy también vio que JJ no tenía su libro de lectura sobre su escritorio. Edith también notó esto y anticipó las acciones de Tymothy a continuación, pero en lugar de eso, se acercó y agarró el libro e intentó dárselo a JJ.

–Aquí está tu libro de lectura, JJ.

JJ no dijo nada y ni siquiera la miró.

Edith lo intentó de nuevo, y los ojos de JJ miraron los de ella con fuego. Agarró el libro, arrancó algunas páginas y arrojó al lector al suelo. Edith se giró para mirar a Tymothy, quien sonrió débilmente.

Esto era algo a lo que estaba acostumbrado con JJ. Este no era el primer libro que había rasgado, y no sería el último.

El sonido del recreo interior se apagó y los niños se apresuraron a prepararse. Por lo general, habría retenido a JJ mientras arreglaban un libro y hacían la lección, pero hoy decidió dejarlo pasar. Tan pronto como el último niño salió de la habitación, Edith se acercó a Tymothy.

–Lo siento, Edith, pero ese es un día típico con JJ.

-Ahora entiendo lo que quieres decir. ¿Ya has tenido noticias de su madre?

–Ni una palabra, buena o mala.

–Bueno, es un tema solemne, y ella todavía podría estar de acuerdo con nosotros, pero todo depende de ella hasta que lo haga.

–Sí, tienes mucha razón. Respondió.

Pero toda esta espera no estaba ayudando a JJ, ni para bien ni para mal.

Capítulo veintisiete

–¿Y adónde va, señor? preguntó Mariah cuando vio a Tymothy salir con un par de jeans nuevos, un suéter y una bufanda a juego, y un abrigo en la mano.

–Tomo un consejo o mejor dicho un consejo y salgo.

–Suena divertido- divertido. ¿Quieres que te acompañe y luche contra las mujeres?

–Normalmente, diría que sí, pero puedes ser intimidante, Mariah.

–¿Quién yo? Seguro protector.

–Vale, ¿entonces salir o salir a conocer a alguien?

–Solo saliendo, ¿y quién sabe qué pasará?

Ella quería más información, pero eso era todo lo que él le estaba dando ya que eso era todo lo que tenía.

–Bueno, en ese caso, ¡buenas noches y mucha suerte! Ella sonrió de una manera burlona.

Ojalá_ pensó Tymothy, pero sus pensamientos fueron interrumpidos por el sonido de un taxi tocando la bocina...

Se decidió por un bar que había visto un par de veces pero nunca entró. Decidió que esta era la noche. Era un poco pequeño para un bar. Había muchas mesas y la barra estaba contra una pared brillantemente iluminada. Tymothy caminó a través de algunos grupos de personas hasta la barra. Pidió un destornillador que parecía estar en un drive-thru en McDonald's. Esta bebida le duraría toda la noche. Por lo general, ni siquiera habría hecho un pedido, pero quería evitar parecer un fracaso. Mientras bebía, una mujer lo miraba fijamente y él dirigió su atención a la chica en el escenario. La banda no estuvo mal. Hicieron versiones de muchas canciones populares e incluso tocaron algunas propias. A medida que pasaba el tiempo, el bar se llenó más y Tymothy comenzó a sentir una sensación de asfixia. No era claustrofóbico, así que ¿por qué se sentía así? Sintió la necesidad de irse, pero estaba disfrutando de la música y, a excepción de la multitud ahora enloquecedora, no quería hacerlo, ¿verdad?

El líder de la banda era un lindo rubio arena que lo miraba mientras tocaban. Serie tras serie, ella hizo esto y sonrió. La única respuesta de Tymothy fue devolverle la sonrisa. ¿Era esto coquetear?

Después de otra canción, la banda se tomó un descanso y la rubia arenosa se acercó a él.

-¿Puedo ofrecerte una bebida? Tymothy tartamudeó. Pensó que eso era lo bueno que podía hacer, ¿verdad?

–Pues sí, no me importaría en absoluto –dijo con un acento sureño.

Pidió un gin-tonic, agarró unas nueces de barra y se las metió en la boca mientras sorbía su bebida.

-¿Donde estan mis modales? ¡Gracias! Ella dijo y le dio un sudoroso abrazo.

A Tymothy no le importó el abrazo ni el sudor.

-¿Te gusta la banda? Ella preguntó.

-Sí. ¿Es usted una excelente cantante, señorita?

–De nuevo, mis disculpas. Mi nombre es Carla Ray, ¿y el tuyo?

–Llámame Niza. Sr. agradable. Agregó con un toque de James Bond.

–Bueno, Bonito nombre Bonito.

-Gracias.

Un hombre tatuado y de pelo largo se acercó a Carla Ray y la rodeó con el brazo.

–Oye Carla, ¿qué haces?

Tymothy siguió sonriendo mientras mantenía sus ojos en Carla solamente.

-Señor. Genial, este es mi hombre Bobby Joe, dijo, presentándolo como si fuera normal.

La bebida de Tymothy de repente sabía extraño, lo que le dio ganas de vomitar.

–Wow, eso es genial, respondió. ¿Están casados?

-No todavía. Estamos esperando el momento adecuado.

–Se rompe, Hun; tenemos que volver al trabajo.

–¿Te quedas para otro set de canciones? Sr. agradable? Después, habrá una fiesta y TÚ estás invitado.

–Oh, yo también, respondió Tymothy con verdadero arrepentimiento pero en otro espectro.

–Pero tengo que madrugar para ir a trabajar.

-Eso es muy malo; Espero que vuelvas de todos modos.

–Sí, eso haré. No sabía cuándo, pero sabía que no sería pronto.

Tymothy se levantó y casi tropezó con el marco del taburete de la barra.

–Lástima de eso, guapo. ¿Qué tal si me enfrentas a mí en su lugar?, susurró la misma mujer extraña que lo estaba mirando antes.

-No gracias.

Rápidamente salió corriendo y miró hacia atrás para ver si la espeluznante mujer lo estaba siguiendo. ella no estaba Necesitaba alejarse de esto. Estaba bebiendo del alcohol; en cambio, estaba borracho de estupidez. No notó el frío en el aire o la ligera llovizna mientras caminaba a casa. Finalmente llegando a casa, entró para ver a Mariah por teléfono. Probablemente estaba hablando con su hombre.

–Tymmy, ¿qué pasa?

Dijo algo por teléfono, colgó y se acercó a él.

–Lo intenté.... pero estaba casada.

–Está bien, ¿qué? ¿Quién estaba casado?

–Carla Ray. Y Tymothy se derrumbó y le contó a Mariah lo que había sucedido.

–Oh GEE, Mariah lo abrazó con fuerza, y Tymothy se derritió en él como un cubo de hielo al sol.

–¿Soy tonta, Mariah?

-¿Por qué dirías eso?

–¿Por qué puedo encontrar a la chica adecuada, o cualquier chica para el caso?

–Este fue un ejemplo perfecto de las señales equivocadas. Probablemente hace eso todo el tiempo, Tymmy. No eres estúpido. Eres la persona más excelente que conozco además de mí. La mujer que buscas está aquí, pero no puedes desanimarte. Alguna mujer afortunada va a ser muy feliz contigo algún día.

Tymothy suspiró y sonrió débilmente. Necesitaba escuchar eso. Mariah la había encontrado, Sr. Correcto. Así que era solo cuestión de tiempo antes de que descubriera a su Sra. Correcta para ir con él, Sr. Agradable.

Mariah apoya la cabeza en su pecho.

En este momento, no tenía a la Sra. Correcta, pero por ahora, se conformaría con la Sra. chica de los sueños...

Capítulo Veintiocho

Al siguiente día de trabajo, Tymothy decidió no entrar. Podría decir que el clima lo enfermó, pero no importaba; era la primera vez en el año que no entraba. Tymothy se sentó en la cama y llamó a la secretaria de la escuela, quien nombró muchos sustitutos en espera, listos para días como este. Por supuesto, tenía a su asistente que podía manejar las cosas, pero generalmente se llamaba a un reemplazo como doble supervisión.

Ahora que había terminado, decidió volver a dormir. ¿Por qué no disfrutar del día y no hacer nada más que reflexionar en la cama? Unas horas más tarde, se despertó preguntándose cómo estaría su clase sin él. ¿Estaba bien el suplente? ¿Y quién era su asistente ahora que tenía que intensificar sus funciones? Este no era su día para que no le importara. Estarán bien por un día. Estaba a punto de volver a dormir cuando sonó su teléfono:

-¿Hola?

-Señor. ¿Agradable?

–Sí, esta es la Sra. Somners, la mamá de JJ.

-Hola. ¿Cómo puedo ayudarte?

–Me preguntaba ¿has visto a JJ?

–JJ? no, no lo he hecho. No fui a la escuela hoy; No me siento de lo mejor, podría ser algo que ande dando vueltas.

-Lo sé; Esperaba que pudiera estar contigo.

–Déjeme vestirme y bajaré a la escuela tan pronto como pueda, Sra. Somners.

Veinte minutos, Tymothy estaba en la escuela envuelto y con gafas de sol. Se había dado de baja por enfermedad, bien podría actuar el papel. La pregunta era, ¿cómo podría JJ no estar en ningún lado si estaba en la escuela?

Tenía que estar tranquilo por su madre porque tan pronto como vio su rostro, supo que la calma había abandonado su cuerpo. Se encontraron y caminaron rápidamente hacia el gimnasio, donde Tymothy preguntó a algunos de sus alumnos y otros niños si habían visto a JJ. Ninguno de ellos tenía respuestas, ya que la mayoría necesitaba la atención de JJ. Haría que el director cerrara la escuela si no lo encontraban pronto.

Jaylynn estaba a punto de estallar en una miríada de emociones.

¿Dónde estaba su hijo? ¿Por qué estaba desaparecido? ¿Debería empezar a demandar a la escuela ahora o más tarde?

Tymothy ya se estaba culpando a sí mismo. Esto nunca hubiera sucedido si él hubiera venido a trabajar como se suponía que debía hacerlo. Un niño desaparecido es una pesadilla tanto para los padres como para los maestros. Su estómago se abrió como un abismo mientras revisaba todas partes: el baño, su salón de clases e incluso el armario del conserje. Había tres de ellos, y los dos primeros estaban vacíos a excepción de los artículos de limpieza. El tercer armario era el más grande, con fregonas, escobas y cubos por todas partes. Tymothy entró y vio una pila de toallas en el piso y a JJ acostado sobre ellas, con una cubriéndolo mientras dormía. Estaba durmiendo profundamente, sin siquiera darse cuenta de que Tymothy había entrado.

-¡Él está aquí! gritó Tymothy.

JJ no se había movido ni un centímetro ante el sonido del grito.

–JJ, dijo Tymothy, bajando la voz a un susurro. Un ojo se abrió para mirar quién había dicho su nombre y cuando vio que era el Sr. Nice, abrió ambos ojos y sonrió.

La Sra. Somners vino, y cuando vio a su hijo, el alivio en su rostro fue más que perceptible. Tymothy realmente se preocupaba por JJ.

–¿Podría por favor no dejar de estar enfermo en el corto plazo? Jaylynn bromeó.

Ambos se rieron y JJ los miró como si fueran extraterrestres. Tymothy acababa de darse cuenta de que era la primera vez que la veía sonreír; ni siquiera sabía que ella tenía sentido del humor.

–Sé que te apresuraste aquí por mi cuenta y no te sientes bien; déjame llevarte de vuelta a casa. añadió Jaylynn.

–Sería genial si pudieras. tengo que agarrar mis cosas...

-Está bien; estaremos afuera calentando el auto para ti.

Capítulo Veintinueve

A diferencia de la última vez, Tymothy terminó en el asiento delantero del auto de Jaylynn mientras que JJ se quedó atrás y volvió a dormir. Hubo un silencio incómodo mientras Jaylynn llevaba a Tymothy de regreso a su lugar.

–Gracias por dejarlo todo y ayudarme a buscar a JJ.

–Bueno, gracias por el viaje de vuelta después de ayudarte a buscar a JJ.

Ambos se rieron.

Jaylynn sintió que debería decir más, pero ¿qué podía decir?

–Si alguna vez necesitas que te lleve, hago un gran taxi o Uber. Eso no sonaba bien. Se suponía que era una broma, pero solo si se reía.

–Gracias, lo tendré en cuenta. Él sonrió.

Una sonrisa estaba bien; no era una risa, pero...

Jaylynn no se alejó hasta que entró y miró a JJ, que aún dormía. Una vez que estuvieron en casa, ella lo recogió y lo llevó adentro mientras él seguía durmiendo. JJ se estaba haciendo demasiado grande para esto y no estaba recibiendo nada más sustancial, pero hoy necesitaba la sensación táctil para saber que él estaba a su alcance. Se le había ocurrido que JJ no tenía ningún hombre en su vida a quien admirar excepto el Sr. Nice. Su papá no contaba porque todo lo que hacía era menospreciar a JJ como si fuera un paria de la familia. El Sr. Agradable era de hecho un hombre muy Agradable... Sus pensamientos se disiparon cuando su teléfono sonó.

–Hola, Sra. Somners. Es el Sr. Agradable.

–Basta de trámites, señor Nice; llámame Jaylynn.

–Eso funciona, se rió de fondo." Pero lo mismo vale para ti también-llama a mi Tymothy con una Y pero dilo de la misma manera. De todos modos, estoy llamando para ver cómo está JJ.

–Está durmiendo todavía. Jaylynn respondió, gratamente sorprendida. Se imaginó que sus oídos ardían por el pensamiento que había tenido hace un momento.

–¿Y tú, Tymothy? ¿Te sientes mejor? Perdona de nuevo que hayas tenido que venir a ayudarme.

–Está bastante bien; es parte del deber del maestro.

–Parece que eres muy bueno en tu trabajo y me alegro de que lo seas. Hubo una pausa en la línea ya que ninguno dijo nada.

–Jaylynn, quiero disculparme por no estar hoy. Si hubiera estado allí, habría sabido dónde estaba JJ en el momento en que lo preguntaste.

–Esto no fue obra tuya, Tymothy, con una Y. Era solo JJ siendo él mismo. Todo está bien ahora, así que no te preocupes. Gracias por llamar para ver cómo está JJ. Realmente le gustas.

-Me gusta él también. Es un buen chico. Estoy seguro de que lo hereda de su madre y confía en mí cuando digo que me aseguraré de que nada como esto vuelva a suceder, o mi nombre no es Tymothy con Y.

–Confío en ti, lo cual es algo difícil de decir. Jaylynn dijo sorprendida; las palabras simplemente fluyeron de sus labios.

Otro silencio incómodo.

–Tymothy, ¿puedo hacerte una pregunta vital? Ella había admitido confiar en sus acciones, pero ¿eso también significaba sus palabras?

–Claro dispara.

–¿De verdad crees que esta prueba es necesaria para JJ? ¿En su opinión profesional y personal?

Tymothy respiró profundamente.

–Con ambas opiniones, digo que sí y que sí.

"Eso se resuelve entonces", dijo, estabilizando su voluntad.

–Supongo que tus dos síes con mi uno sí hacen tres, en cierto sentido, una santa trinidad de convicción.

–No te preocupes, Jaylynn; Estaré allí en cada paso contigo y JJ. Empezaré lo antes posible con todo lo que necesitaremos. ¿Usó la palabra *NOSOTROS?*

–Mejor te dejo dormir un poco, Jaylynn. Gracias por aceptar hacer esto por JJ.

Gracias, Tymothy, por estar ahí para JJ y ME.

SILENCIO...

-Buenas noches...

-Buenas noches...

Capítulo Treinta

De vuelta en la escuela, Tymothy deseó haber cancelado nuevamente. Recortes escolares, ningún aumento este año, falta de maestros, y la lista continúa. No solo hizo este trabajo por el dinero. También lo hizo porque Tymothy podía ayudar a los niños a los que enseñaba, pero algunos días...

El día no había tenido un buen comienzo, pero las cosas se veían más brillantes cuando vio a JJ venir y sentarse con el grupo, aunque en la parte de atrás, mientras leía el libro del día. Siguió leyendo, la puerta se abrió gradualmente y entró Edith. Era hora de que JJ se hiciera la prueba, ya que Jaylynn había dado su consentimiento. Tymothy quería que las cosas se movieran lo más rápido posible.

–JJ, tienes a alguien aquí que necesita verte. Para los otros niños, esto no era nada nuevo. A veces era un terapeuta del habla, la enfermera de la escuela o incluso el coordinador de idiomas para estudiantes de diferentes regiones donde el inglés era más complicado de lo que imaginaban. Tymothy no sabía que estas personas estarían presentes el próximo año con todos los recortes presupuestarios.

JJ no se movió y Tymothy sabía que JJ sería difícil. Edith sabía que esto sucedería, y la puerta se abrió más para revelar al psiquiatra itinerante del distrito.

–JJ, Este es un médico particular; está aquí para hacerte algunas pruebas, dijo Tymothy mientras se acercaba a JJ. Aún así, JJ no dijo nada y no se movió. Cuando Tymothy lo tocó, se sintió como una piedra pequeña, rígida e inflexible.

–Está bien, Tymothy, lo intentaremos de nuevo más tarde, dijo Edith, caminando de regreso a la puerta con el doctor. Su momento más brillante estaba volviendo a oscurecerse de nuevo.

El día transcurrió sin incidentes y sonó la última campana.

Los niños se habían ido y Tymothy estaba solo en su salón de clases. Era hora de terminar el día y disfrutar de una comida calentada en el microondas con un vaso de Mike's Hard Lemonade, pero tenía una cosa que tenía que hacer: dejar un mensaje para Jaylynn. Tenía la esperanza de hablar con ella personalmente, pero sabía que eso era improbable con su horario. Hubiera sido agradable compartir una botella con alguien... ¿En qué estaba pensando?

/// /////////////
///////////////////////////////////////

Marcó su número, temiendo lo que iba a escuchar. Su última reunión había terminado y Jaylynn pensó que podía relajarse un segundo después de un largo día antes de irse a casa, pero su secundaria le trajo una nota de un color familiar. Timoteo Niza.

–¿Timoteo?

–Sí, este él.

–Es Jaylynn. ¿Cómo va todo? JJ lo hizo bien? Soltó todas las preguntas que su mente estaba pensando, sin darle suficiente tiempo para responder.

–Tranquila, Jaylynn. Todo está bien excepto por el hecho de que JJ se muestra un poco reacio; Me preguntaba si podrías hablar con él y decirle que está bien ir con el médico. Probablemente solo esté nervioso ya que nunca antes ha visto al médico.

-Sí, puedo hacerlo. ¿Hay algo mas que pueda hacer?

–Bueno, puede haber. Si trajo a JJ al salón de clases como lo hizo el primer día de clases, eso también podría facilitarle las cosas. Sé que estás ocupado, pero Tymothy esperaba que pudiera asistir porque eso le daría la oportunidad de verla. ¿Qué estaba pensando?

–Puedo hacer eso los días que no esté apurada, dijo ella con una amplia sonrisa. ¿Por qué estaba sonriendo? Tal vez porque vería al Sr. Agradable en el proceso. ¿Por qué pensó en eso?

Capítulo Treinta y Uno

–Stuart, ¿hablas en serio? ¿No puedes elegir a alguien más para este trato?

No es mi idea Jaylynn; fue de tu padre, pero estoy de acuerdo en que eres la mejor persona para esto. ¿Sabes lo que significará para la empresa si haces esto?

–¿Por qué no puede hacerlo? Conoce a los Mcgovern desde hace años.

–Tu madre y él se van de viaje y estarán fuera de la ciudad, y sabía que dirías eso, pero los McGovern también te conocen, así que es una cosa de familia., dijo Stuart con calma. También dijo que la compañía sería tuya algún día, por lo que debes dar un paso al frente en esta ocasión.

Jaylynn gruñó internamente. Sabía que sus padres estaban haciendo esto por cualquier razón además de la que le estaban diciendo a Stuart.

–¿Cuánto tiempo se irán esta vez?

–Un mes por lo menos.

¿Un mes? Ese es un mes de días y noches ocupados. JJ estaba cambiando para mejor desde que ella se había despedido y ayudado con su situación. Era más extrovertido y robusto para un niño de su edad. Seguía arremetiendo, pero no con tanta frecuencia como antes. Cuando había momentos en los que explotaba, por lo general salía más rápido y suave. Todavía tenía que lidiar con el hecho de que sus padres querían que JJ asistiera a una escuela de su preferencia.

–Tengo cosas que tengo que manejar y pensar. Te lo haré saber, Estuardo.

–¡Excelente! jaylynn Esto es un gran problema, ya sabes.

–Sí, pero su hijo también.

¿Qué iba a hacer ella? ¿Dejarlo aquí o llevarlo contigo? Cada uno tenía sus pros y sus contras. Jaylynn sintió que estaba arrinconada. Tenía que preocuparse por los deberes de madre, proveedora e hija. Todavía no sabía lo que iba a hacer, pero Jaylynn iba a hacerlo, todo lo que necesitaba hacer y algo más.

Más tarde esa noche, cuando estaba en casa con JJ, Jaylynn preparó la cena para ellos. Su comida favorita eran los espaguetis con albóndigas. JJ vino en una bolsa de colores con una cinta adjunta.

–¿Qué hay en la bolsa, cariño? JJ solo sonrió y no dijo nada.

–Bueno, a mí me parece un regalo.
JJ asintió con la cabeza afirmativamente.
–Entonces, ¿para quién es este regalo?
–Es para el día del amigo.
-Ya veo. Jaylynn bajó la sonrisa y se preguntó quién era el amigo de JJ. Nunca había mencionado a nadie de la escuela.
-Señor. Bonito, dijo un amigo. ¿Podría alguien que te guste y con quien seas excelente?, dijo JJ, sin siquiera notar el cambio de expresión de su madre.
–Entonces, ¿de quién es este amigo tuyo recibiendo un regalo?
-Señor. Agradable.
-¿En realidad? ¿Está seguro?
-Sí. Mamá.
–Bueno, si eso es lo que quieres, ¿puedes ver lo que es?
-Seguro que puede.
Jaylynn abrió la bolsa con papel de seda pintado como si lo hubiera hecho un adulto. Dentro había un paquete sin abrir de los juegos de Pokémon premium de JJ.
–Wow, el Sr. Nice debe ser un buen amigo. Le estás dando uno de tus mejores paquetes.
–Lo es tanto que ¿puede ser mi maestro para siempre?
–Bueno, siempre es mucho tiempo JJ. Jaylynn respondió con una sonrisa. Si ella tuviera el poder de ver su rostro cuando hizo esa pregunta, habría movido montañas para tenerlo.
–¡Bueno, ese será un deseo mío! Haciendo uno de los bailes tontos que había aprendido del Sr. Nice en clase.
El Sr. Nice no podría ser su maestro el próximo año o para siempre, pero ¿para el verano como tutor? Su cerebro calculaba tiempos y números mientras ellos sonreían y comían. Tenía que convencerlo de que hiciera esto por JJ. Para ella.

JJ lo necesitaba. Ella lo necesitaba.

Capítulo Treinta y Dos

Cuando termina el invierno, la primavera está en el aire. Las flores de marzo están floreciendo y los pájaros están piando. Debido a las lluvias de primavera que llegaban con el cambio de estaciones, los abrigos de gran tamaño fueron reemplazados por cortavientos, impermeables y ponchos.

La primavera trae la fiebre que envuelve a todos los niños. Más tiempo para jugar afuera significa más energía y comportamiento bullicioso. Las noches se hacían más largas y se acercaba el horario de verano. Tymothy disfrutó este tiempo como sus hijos, pero a veces deseaba tener a alguien con quien disfrutar el cambio de estaciones. Fue hermoso cuando salió a caminar con Mariah, ya que estaba de lado y, básicamente, era la mitad de maravilloso.

Hablando de Mariah, estaba emocionada por su próximo esfuerzo, posiblemente llevándosela por un tiempo; Tymothy estaba feliz por ella pero no tanto. Con la escuela terminada en unos meses y Mariah partiendo por quién sabe cuánto tiempo, ¿qué haría él mismo con todo este tiempo libre? Podía holgazanear y ver los lugares de interés, pero eso no generaba dinero. No hubo escuela de verano aquí debido a los recortes presupuestarios, por lo que el trabajo extra no fue posible. Podía ser tutor, pero ¿de dónde sacaría su clientela? Muchas preguntas aún necesitaban respuestas. El tablón de anuncios en la sala de profesores tenía un extenso calendario de cuenta regresiva. Esa era su fecha límite cuando decía que no quedaban días.

El sol entraba a través de las ventanas mientras Tymothy recogía sus cosas para el día. Fue una vista majestuosa y bastante poética en cierto modo; tal vez toda la luz del sol arrojaría luz sobre su dilema. Sí, qué pensamiento tan pintoresco.

–Hola, Timoteo.

La voz era familiar ya que estaba atrapado en sus pensamientos. Al principio, no pudo reconocerlo. Era Jaylynn.

–Hola, de vuelta, respondió, apartándose del cielo brillante y enfrentándose a una imagen aún más colorida.

–¿Puedo hablar contigo un segundo? Preguntó Jaylynn con una sonrisa genuina.

–Claro, cuando quieras, respondió Tymothy, dejando todo y ofreciéndole una de las sillas de adulto junto a su escritorio.

–Al grano…empezó." ¿Qué haces cuando llega el verano?

Tymothy se sorprendió por la pregunta, pero también respondió al punto.

–Nada de momento. ¿Por qué lo preguntas?

–Creo que JJ necesita un tutor para el verano, y tú cagaste en mi mente. Quiero decir, ¿si no tuvieras ningún plan? Pero, además, necesitará a alguien que lo lleve a sus citas con el psiquiatra, y como tú lo conoces y JJ… pensé… Jaylynn estaba segura de cómo estaba saliendo todo esto. Una mezcla de preguntar y decir con un toque de ¿debería estar haciendo esto?

–Ah, ¿así que una tutora/niñera/acompañante para JJ?

–Ya que lo pones así, ¿sí?

–¿Me pagarán por ser los tres? Tymothy preguntó en broma.

–Sí, lo harás, respondió Jaylynn de manera comercial. Estás bien con él; le gustas, y no quiero que retroceda durante el verano.

¡DEBE HABER EL CIELO! ¿Quién conocía el poder del sol y los deseos? ¿Fueron contestadas sus oraciones?

–Esto será durante todo el verano casi. Así que todo lo que necesites tendrás que empacar y traer contigo.

-¿Paquete? relató Tymothy.

–Sí, empaca porque tengo que irme de la ciudad por un asunto grande, y en lugar de dejar a JJ aquí, lo puedo llevar contigo, y tú puedes venir con nosotros. Puedo preparar el papeleo para que sea legal y justo si es necesario.

Hasta ese momento, Tymothy estaba listo para decir que sí. Pero ahora tenía que pensar en algunas cosas que podrían haber sido más importantes.

-¿Puedo pensar en ello?

-Por qué por supuesto. Ella se puso de pie y estrechó su mano sorprendida.

–Ah, por cierto, un regalo de JJ está afuera de la puerta. Es para el día de un amigo, y él te considera bueno. Antes de que pudiera responder, Jaylynn había salido por la puerta sin decir una palabra más.

Podía ver por qué ella se iba a este trato porque ella era buena en su trabajo de manipulación, al parecer. Ahora, sin palabras y conmocionado, Tymothy, por un lado, pensó que era genial que JJ pensara en él de esa manera, pero por otro lado, ¿su madre estaba usando eso para que aceptara el trabajo? Su mente repasó lo que acababa de pasar mientras continuaba juntando sus cosas para irse pero no sin antes abrir la puerta y ver la bolsa que ella había dejado. Lo abriría más tarde en casa.

Treinta y Tres

Después de una cena de pollo a la parrilla con vino, Tymothy se sentó para abrir el regalo de JJ. Estaba seguro de que algunas cartas de Pokémon Premium alcanzarían un precio considerable en E-bay. JJ lo apreciaba como amigo, lo que hizo que la elección que Tymothy haría aún más difícil si dijera que no al trabajo. Ella no mencionó cuánto le pagarían, pero estaba seguro de que eso no sería un problema. Tymothy no podía ver ningún problema, tal vez en la forma en que Jaylynn se acercó a preguntarle, pero ella estaba cuidando a su hijo. ¿Derecha? Él dormiría en eso. Dormir siempre era bueno para tomar decisiones.

Treinta y Cuatro

Trastorno de Trauma Emocional (EDT)
Eso es lo que el médico le decía que era el problema con JJ. Probablemente fue porque su padre lo dejó temprano y el vacío que siguió. No tenía nada que ver con ella, había dicho el médico, y no podía hacer nada al respecto, ya que ella no era la causa directa del problema.
EDT
Ella articuló para sí misma. ¿Era esto realmente lo que estaba mal con su hijo? ¿Se le podría ayudar? ¿Cuál fue la respuesta?
El médico creía que, con suficientes sesiones, JJ podría recuperarse y convertirse en un pilar regular de la sociedad. Mientras estaban fuera, podrían tener sesiones vía zoom para que su rehabilitación no se viera obstaculizada por la distancia. Aceptó la visión del médico, pero creyó en la aceptación de Tymothy de su hijo y su voluntad de ayudarlo aún más.
–¿Estás de acuerdo con el doctor en que no es mi culpa, Tymothy? Jaylynn preguntó después de que se quedaron en la oficina para conversar.
–Estás haciendo lo mejor que puedes, Jaylynn, dadas las circunstancias. JJ no es el único que está pasando por cosas, pero tú eres un adulto y él es un niño; esa es una gran diferencia. También te das cuenta de que hay un problema y le das la ayuda que necesita, y eso, para mí, es hacer lo mejor que puedes hacer.

–Gracias, quiero pensar que sí. Jaylynn suspiró.

–Ojalá supiera todo lo que necesitaba para ayudarlo. Lástima que no exista un manual de instrucciones sobre este tipo de cuestiones. Al menos cómo suavizar las cosas para él. ¿Por qué le estaba diciendo esto a Tymothy? ¿Fue porque entendió a JJ? ¿O era porque él estaba allí dispuesto a escucharla?

–Mientras él sepa que estás aquí y lo amas, esas son todas las instrucciones que necesitas.

–Haces que suene fácil, Tymothy.

–En realidad, es así de fácil, probablemente más fácil para él de lo que piensas. Si estás cerca cuando él te necesita, eso es mucha credibilidad callejera en mi libro.

Los ojos y el cuerpo de Jaylynn se derritieron bajo esas palabras. Pensar que una vez pensó que este Sr. Agradable no era tan agradable.

–Si no te he dicho lo suficiente, gracias, Tymothy, por todo lo que has dicho y hecho.

-Me estás haciendo sonrojar; Solo estoy haciendo mi trabajo y prestando una ayuda.

mano.

–Has hecho mucho más que eso. Mucho más que tu mano, pero también tu corazón y tu tiempo. Sus ojos se encontraron con los de él por un momento, y no dijo nada. ¿Fue ese un momento de conexión? Se sentía de esa manera para ambos sin que se dijera una palabra de lo contrario.

Treinta y Cinco

Una vez más, en la oficina de Jaylynn, Tymothy estaba aquí por una razón diferente esta vez. Fue su respuesta a su propuesta de trabajo.

–He decidido que aceptaré tu oferta de trabajo, Jaylynn, pero necesitaré unos días después de la escuela para ubicar esto.

–Eso no será un problema. ¿Eso fue lo único?

–Sí, bastante.

–Bueno, gracias por aceptar. Estoy seguro de que JJ estará muy feliz por eso.

Jaylynn se puso de pie y le estrechó la mano. Esta vez, una descarga de electricidad estática los atrapó a ambos, pero el teléfono sonó antes de que pudieran responder.

–El deber llama, gracias de nuevo por aceptar a Tymothy. Quería decir más que eso, pero estaba feliz de que él se fuera, pero no le gustaba que la situación fuera demasiado incómoda. El teléfono seguía sonando, pero por el momento, no importaba.

–¿Vas a conseguir eso? preguntó Tymothy con una sonrisa.

Jaylynn levantó el dedo para que Tymothy se quedara donde estaba.

-¿Si, que es eso? mientras contestaba el teléfono.

–La reunión empieza a las 10 minutos, señora.

–Sí, llegaré cuando llegue, es mi reunión.

Era su reunión, pero sabía que no podía quedarse y hablar con Tymothy todo el día. Por alguna razón, se sentía cómoda con él y podía relajarse más de lo habitual.

–Que tengas un buen día, Tymothy.

–Tú también, Jaylynn.

Cuando abrió la puerta y se fue, el olor de su colonia había desaparecido del aire.

¿Era eso nuevo? Ella no lo había olido antes. O tal vez solo había estado allí algunas veces esperando que su nariz captara un soplo. El teléfono volvió a sonar, sacándola de su ensoñación. El deber llamó de nuevo.

Treinta y Seis

La última sesión física con JJ terminó en la consulta del psicólogo. Jaylynn pudo observar en una habitación en particular, una especie de habitación como la que usa la policía para los interrogatorios. Podía verlos, pero ellos no podían verla a ella. Le preguntaron qué sabía sobre su padre. ¿Hay algún recuerdo, bueno o malo? Sabía algunos que nunca le contó, pero ella nunca volvió a preguntar. Mientras se dirigían al aeropuerto, Jaylynn decidió alegrar su día.

–Oye JJ, ¿adivina qué? Alguien está aquí para nuestro viaje y te ayuda mientras yo trabajo.

-¿Quién? preguntó con curiosidad.

–Deberían estar en casa cuando aterricemos para que puedas verlo por ti mismo. Creo que te gustará esta persona.

–Claro, lo haré, dijo con muy leve entusiasmo.

Jaylynn sonrió. Esto fue una gran cosa y una sorpresa aún mayor. Lástima que no pudo quedarse con ellos después de que se conocieron, pero ella tenía que regresar a la oficina. En unos días, necesitaba prepararse para partir; Tymothy había llegado mientras estaban fuera. La criada lo ayudaría a instalarse y él debería estar allí ahora, esperándolos. Tan pronto como el auto se detuvo, JJ vio la sorpresa y sus ojos crecieron del tamaño de pelotas de baloncesto cuando se dio cuenta de que era el Sr. Nice.

–JJ, el Sr. Nice ha accedido a quedarse contigo y ayudarte mientras yo trabajo durante el verano.

Antes de que el auto se detuviera por completo, JJ trató de salir, pero las cerraduras de seguridad no lo dejaban, así que esperó pacientemente mientras su madre abría la puerta y salía corriendo hacia Tymothy.

–¿Es cierto, señor Nice? ¿De verdad te quedas conmigo TODO el verano?

JJ envolvió sus brazos alrededor de Tymothy y apretó con fuerza.

-Sí, lo soy. Espero que esté bien contigo.

–Oh, eso es genial, ¡está bien por mí!

Esa fue la señal de Jaylynn para despedirse de los dos y poder ir al trabajo donde todos la estaban esperando. Por primera vez en mucho tiempo, se sintió bien al dejar a JJ en buenas manos... en buenas manos...

Un día glorioso rodeó a Timothy mientras caminaba por los terrenos de la casa. JJ solo recibió tutoría durante la semana, como un estudiante de escuela. Los fines de semana estaba libre y contemplaba qué haría con el tiempo que tenía.

Podía llamar a su hermano y ver cómo estaba, pero eso no era muy satisfactorio. Podía llamar a Mariah y ver cómo estaba, pero no quería parecer demasiado ansioso, como si la extrañara, lo cual hizo. Miró el gran patio y los rosales mientras caminaba solo.
También estaba la idea de que se relajara y leyera en su habitación, que era casi tan grande como todo su apartamento. Estaba aislado de todo; era su santuario privado.
Terminando su caminata, regresó a la casa donde Jaylynn y JJ ya estaban desayunando.
–Buenos días, Tymothy, dijo Jaylynn, como si no fueran patrón y empleado.
Desde que llegó allí, necesitaba descubrir cómo llevar a Jaylynn a veces. Entonces él hizo lo mismo, ya que cada ejemplo era un baile entre la etiqueta y la ocupación. En un caso, él era el Sr. Nice, y en el siguiente caso, era Tymothy.
–Buenos días, Jaylynn y JJ; Tymothy sonrió a JJ, que se estaba metiendo huevos entre las mejillas.
–Hoy es día de playa, señor Nice. ¿Puedes venir conmigo? Mamá dijo que si querías, podías.
–Es así, Jaylynn, cuestionó Tymothy, mirando de uno a otro.
Tymothy necesitaba averiguar si la voz de Jaylynn era seria o no.
Ella respondió: "Por supuesto que puedes".
Bueno, al menos sabía que JJ quería que fuera; si tuviera un avión,

tendría el cielo escrito por todos lados para que él lo viera. Dicho esto, sería encantador ir a la playa.

–Bueno, acepto la invitación.

-¿Realmente estás seguro? preguntó Jaylynn, sorprendida; su sorpresa se convirtió en alegría genuina. "Nos iremos en una hora más o menos".

A las diez cuarenta y cinco, Tymothy estaba esperando afuera con un par de pantalones cortos y una camisa verdes, y una pequeña bolsa de tela con sus artículos esenciales. El sol estaba cada vez más alto y brillaba con más fuerza. Era un día perfecto para ir a la playa con un lugar agradable y poco concurrido, y Tymothy sacó una toalla y la dejó mientras Jaylynn hacía lo mismo mientras dejaba una canasta de picnic. JJ tenía sus juguetes de playa y un balde con pala listos para cavar en busca de cualquier cosa que pudiera encontrar.

Jaylynn entró al agua gritándole a JJ que se uniera a ella mientras Tymothy se sentaba y sacaba uno de sus libros para leer. Mientras leía, los vio retozar en las olas y divertirse mucho. Después de un rato, regresaron corriendo mientras Tymothy pretendía pasar una página que ni siquiera había leído.

–¿Alguien tiene hambre? preguntó Jaylynn.

-¡Yo! gritó JJ.

Los dos adultos se rieron y Tymothy agregó un "¡Yo!" y luego Jaylynn.

JJ devoró su comida y agarró sus suministros de excavación para salir corriendo y jugar un poco más.

–Quédate donde te pueda ver, JJ.

–Sí, mamá, respondió de mala gana.

–Sabes que se parece mucho a ti, remarcó Tymothy, rompiendo el tono.

-¿En realidad? Todo lo que veo es a su padre, excepto nuestros ojos, respondió Jaylynn con un tono consistente pero triste.

Tymothy no sabía qué decir a continuación. Jaylynn limpió la canasta de comida y se sentó a mirar a su hijo.

–Sabes que eres genial con él, sin mencionar que eres una gran mamá, así que no te rindas.

–Entonces, ¿te falta la parte de mamá?

Ellos se rieron.

Tymothy sonrió.

Jaylynn le devolvió la sonrisa.

–Sabes, desde que llegaste no ha hecho pucheros ni ha tenido ningún episodio. Lee, dibuja y ve algunas horas de televisión de vez en cuando. Es absolutamente increíble, y todo gracias a ti.

–Realmente no he hecho mucho, solo lo normal.

Estaban en silencio mientras se escuchaban las olas, y JJ fingía ser un pirata con un tesoro enterrado.

–Es diferente porque estás aquí, Tymothy. Puedo decir. Me alegro de que aceptaras mi oferta y vinieras.

Jaylynn saltó repentinamente y se unió a JJ en su aventura privada de piratas. Tymothy sintió algo en su pecho y quiso decir algo, pero se contuvo y sonrió. Tal vez Tymothy no fue el único que sintió algo...

Treinta y Ocho

Sin embargo, el trato estaba saliendo bien a expensas del tiempo
con JJ. Jaylynn observó cómo JJ se quedaba más con Tymothy
cada día. Aunque no debería haberse sentido celosa de su hijo, lo
hizo. Su creciente vínculo le facilitó las cosas en lo que respecta
al trabajo, pero en lo que respecta a todo lo demás, había una
distancia cada vez mayor.

Jaylynn puso su cabeza entre sus manos. Su estado de ánimo
empeoraba día a día y sabía por qué. Saliendo de su depresión,
trató de concentrarse en la tarea que tenía entre manos con los
papeles en el escritorio, al menos hasta que sonó su teléfono.
-Milisegundo. ¿Somníferos?
-¿Sí?
–Hay un señor Howard Jones en la línea para usted.
–Está bien, pásalo, dijo ella con pavor.
–Hola, Jaylynn.
–Hola, Howard.
–¿Cómo están tú y JJ?
-Estamos bien.
-Eso es genial. ¿Puedo verlo?
Jaylynn no respondió.
–De verdad, Jaylynn, ¿por qué actúas así? El es mi nieto. El hijo de
mi hijo, no importa qué clase de hombre sea.
Jaylynn sabía que se avecinaba un sentimiento de culpa y estaba

preparada para ignorarlo. Ella era la mamá de JJ y sabía lo que era bueno para él y lo que no.

–¿Eso era todo lo que querías, Howard? Pero antes de que pudiera responder, ella terminó la llamada.

Necesitaba un descanso del trabajo y salió sin decir a dónde iba. Cada vez que Howard llamaba, le llegaba una avalancha de recuerdos. El sol calentaba mientras caminaba por un sendero que conducía a una zona parcialmente cubierta de hierba desde donde se podía ver el océano desde donde estaba.

–Al diablo contigo, Jay, gritó ella, sin importarle quién la escuchara.

–Sé que no puedes oírme, ¡pero sí, tú! ella seguía gritando. ¿Por qué nos dejaste? ¿Por qué dejaste a tu hijo?

Se sentó en la hierba y empezó a llorar. Los gritos habían ayudado, pero la ira se estaba yendo y la tristeza se estaba filtrando. El papá de JJ se había ido cuando JJ apenas hablaba y caminaba. Sin despedidas o ni siquiera una nota de por qué. Ella alejó toda esa locura y tristeza el día que sucedió porque su única cosa era concentrarse en JJ. Ahora se dio cuenta de que guardar todo eso la había vuelto algo fría y difícil de tratar, pero ahora lo había dejado salir todo. Había una última cosa que tenía que decirle al padre de su hijo que nunca llegó a decir.

–Adiós, Jay. dijo en silencio, levantándose y caminando lentamente hacia la pila de papeles que esperaban en su escritorio.

Treinta y Nueve

Cuando Tymothy se levantó por la mañana, era solo JJ, y estaba comiendo porque ella ya se había ido al trabajo. La forma en que Jaylynn se comportaba estaba cambiando, pero Tymothy asumió que se debía a un gran problema que estaba sucediendo en su oficina. Su estado de ánimo afectó a JJ y su trabajo, pero no pudo decirle nada a JJ excepto que su madre estaba muy ocupada. Estaba más preocupado por JJ, pero no podía evitar preocuparse por Jaylynn.

Un día después de su sesión de terapia de zoom, JJ recurrió a Tymothy.
-Señor. ¿Agradable?
–Sí, JJ.
–¿Conoces a mi papá?
–No, no lo hago; ¿Por qué preguntas?
–Solo me preguntaba. ¿Sabes donde está el?
Tymothy deseó poder responder que sí, pero en lugar de eso, dijo: "No, no lo sé, JJ, pero si lo hiciera, sin duda te diría dónde estaba. ¿Le preguntaste a tu mamá?".
JJ negó con la cabeza y no dijo nada al principio, pero luego sus ojos se iluminaron como si algo se le hubiera ocurrido.
–¡Tengo una gran idea, Sr. Nice!
-¿Que es eso?
–Puedes ser mi papá en su lugar. ¿Qué piensas?

Tymothy no era un bromista, pero esa pregunta quería que se derrumbara; en cambio, le dio a JJ un gran abrazo.
–Siempre seré tu profesor favorito y tu mejor amigo, pase lo que pase. Puedo prometerte eso, pero ser tu padre no es tan simple como que me hagas la pregunta.
–Entiendo, señor Nice. Bien, amigos para siempre, entonces.
Tymothy sabía que estaba unido a JJ por algo más que el verano...

Cuarenta

Jaylynn dijo que se sintió bien hacer eso mientras regresaba a la oficina, dirigiendo el resto de su ira a sus subordinados. No era tanto enojo genuino sino una forma de mostrarles que ella había vuelto al trabajo y que deberían estar trabajando. A pesar de que el padre de JJ ya no estaba, ella todavía tenía su vida con su hijo y dijo que había dejado que ese fuera su enfoque, pero sin el equipaje adicional de culparse a sí misma de alguna manera.

// ////////////////
//////////////////////////////////////

Llegó el fin de semana y un respiro del trabajo; mientras se preparaba un poco de café matutino, la única persona alrededor era el ama de llaves. Sabía que todos se mantenían alejados de ella. Jaylynn no había sido la persona más agradable en los últimos días y noches. Pero hoy era un buen día para empezar de nuevo o intentarlo.

–Buenos días, Jaylynn.,dijo Tymothy entrando con un vaso de jugo de naranja.

–Hola, Timoteo. Se dio cuenta de que se estaba bronceando por estar al sol. A ella le gustó, pero no podía decírselo.

–¿Cómo está JJ?

–Está bien, pero ha estado durmiendo hasta tarde porque no sueles estar aquí cuando se levanta.

-Lo lamento.

–Lo entiendo, y seguro que JJ también.

–Tengo que decirte, sin embargo, que JJ me pidió que fuera su papá.

-¡Dios mío! ¿Disculpa, que dijiste?

–Le dije que sería su amigo para siempre y que ser padre era diferente.

–De nuevo, lamento que te haya hecho pasar por eso. Me culpo por no estar aquí.

–Eso ayudaría, Jaylynn, pero no creo que hubiera importado. Creo que tendría que preguntar eventualmente, de todos modos.

Jaylynn no tenía nada que decir a eso porque, en su mente, sabía que él tenía razón.

–Bueno, cuando se despierte, hablaré con él.

–No creo que sea necesario; se manejaba de hombre a hombre.

-¿De hombre a hombre? repitió con una sonrisa.

–BUENO, como mujer, te tomaré la palabra al respecto. Si no lo has adivinado, confío en ti, Tymothy.

–Sé que lo haces, Jaylynn, y al confiarme a JJ, confías en mí como hombre.

–Un hombre y un erudito.

Ambos se rieron.

Pero sí, ella confiaba en él más de lo que dejaba ver...

–¿Jaylynn?

–Sí, Timoteo. ¿Sabes lo que necesitas?

-¿Que es eso?

–Una noche divertida sin JJ y sin trabajo en qué pensar.

–Umm, ¿y con quién se divertiría la noche? No veo una fila llamando invitaciones a mi puerta.

–Me ofrezco solo porque creo que ambos necesitamos un descanso de nuestras rutinas, sin ofender...

–No se toma, y lo entiendo. Bueno, si TÚ estás preguntando, entonces estoy aceptando.

¿Qué tal esta noche, entonces?

–Esta noche está bien.

¿Era esta una cita? ¿Con el maestro/tutor de su hijo? Jaylynn pensó en el resto del día y en lo que se iba a poner...

Cuarenta y Uno

¿Qué ponerse? Un vestido recto o un vestido tubo. Habría elegido la funda si se tratara de una cita real, pero como no estaba segura de qué se trataba, eligió un vestido negro y tacones a juego para dejar algo a la imaginación.

Tymothy estaba rebuscando entre la ropa que compró para elegir algo y se decidió por una camisa de seda negra con jeans a juego. Algo que rara vez usaba porque salía con lo que sea que fuera. ¿Una cita? ¿Una sesión de reunión? Al vestirse a toda prisa, se preguntó exactamente qué harían. Deslizándose en un par de mocasines de vestir, corrió hacia una Jaylynn que esperaba.
–¿Estamos listos?, preguntó él, y ella dijo que sí con una sonrisa. Ambos notaron que vestían los mismos colores y se rieron como niños.
Discutieron cosas y decidieron al principio al menos un área de baile local y eligieron un club llamado Dance Fever. La cola para entrar era larga, pero no les importó.
–¿Eres un gran bailarín? ¿Jaylynn?
-Realmente no. No hago esto mucho excepto con mis amigos.
-Lo mismo para mi. Así que dime otra vez, ¿por qué estamos haciendo fila con un grupo de personas de la mitad de nuestra edad?
Jaylynn se rió.

–Ahora, ¿te molestaría si sugiero otro lugar en su lugar?

-No, en absoluto. Te lo dejo a ti.

Tymothy la agarró de la mano y la condujo a través de la fila abarrotada hasta el área frente al mar. Mientras caminaban por una cubierta de tablones, Tymothy todavía sostenía la mano de Jaylynn y a ella no parecía importarle. Pero él no quería parecer demasiado espeluznante, por lo que finalmente soltó su mano, pero al instante quiso sentir su calor nuevamente. Hicieron una pausa y miraron hacia el agua de la noche mientras una brisa marina soplaba su cabello sobre su rostro.

–Esto está mucho mejor, Tymothy, dijo en voz baja.

–Estoy totalmente de acuerdo que lo es, respondió.

Podía escuchar las olas golpeando contra sí mismas y contra la madera mientras las parejas pasaban, tomados de la mano y mirándose con ojos de goo-goo.

–Necesito disculparme de nuevo por las preguntas de JJ hacia ti, Tymothy. Lo siento si te sentiste incómodo.

-No necesitas disculparte; Podía ver por qué preguntaría. Es perfectamente normal que pregunte eso. Su voz era tranquila y sincera.

–Debería haberme preguntado primero, pero sé que he estado ocupado con mi trabajo. Este es un gran problema para mi familia y para mí.

–No hace falta que me lo digas. Lo tengo. Como dije, creo que JJ ahora entiende, pero si decides hablar con él al respecto, yo no lo haría; no tienes que escuchar mi consejo; Soy su maestro/tutor.

-No, está bien; Agradezco tu perspicacia y tus consejos.

–Sabes que no quiere un papá porque no le gustas; es que falta algo que solo un papá puede dar. ¿Tener sentido?

–Sí, lo hace. Debería hablar con él sobre su padre, pero ¿es correcto?

–A veces, Jaylynn, lo correcto no siempre es lo más fácil. Un hombre sabio en la montaña me dijo una vez. Guiñó un ojo.

–Bueno, ese sabio tenía razón, así que dale las gracias, dijo ella, dándole un ligero toque en el hombro.

–Vámonos, dijo ella, agarrando su mano." Te mostraré algunas cosas que no has notado por aquí.

Mientras bajaba por la barandilla, Tymothy señaló una pequeña torre con algunos visores para mirar. Al ver a través de uno, pudo ver el cielo nocturno, las estrellas y algunas nubes, y cuando giró, pudo ver a alguien tocando la guitarra en la playa. Inmediatamente después de terminar una canción, comenzó a tocar River de Bruce Springsteen.

–¿Qué tal un baile aquí mismo? preguntó Tymothy, caminando hacia ella y tomándola en sus brazos.

–Claro, pero no conozco esta canción, respondió ella, sin resistir su tirón.

–No te preocupes, yo sí; puedes seguir mi ejemplo.

Ella apoyó la cabeza en su pecho mientras se balanceaban adelante y atrás al ritmo de la canción. Tymothy estaba entrando en el ritmo y el toque de su cuerpo en sus manos. Había pasado un minuto desde que había hecho algo como esto, y no quería que terminara, pero terminó cuando las últimas palabras de la canción llegaron sobre las olas.

hasta el río

mi bebe y yo

Oh, hasta el río cabalgamos-ide... Ohhh

Se separaron lentamente y aplaudieron por una actuación bien hecha.

Jaylynn miró su reloj. No quería terminar la noche, pero había cosas que tenía que hacer en la mañana que no podían esperar.

–Deberíamos regresar, supongo...

–Supongo que sí, pero qué tal si lo hacemos despacio...

–Me gusta tomar lentamente la ruta escénica...

Regresaron a la casa una hora más tarde, y Tymothy se despidió. Quería abrazarla al menos, pero eso podría ser incómodo.

–Buenas noches, Timoteo; gracias por esta noche

–Buenas noches, Jaylynn, y gracias también por esta noche.

Y ese fue el final para ambos, ya que se fueron por caminos separados por la noche... pero no el final de sus pensamientos...

Cuarenta y Dos

Tymothy estaba afuera en su parte privada de la veranda contemplando la puesta de sol. El día era cálido y húmedo, y pensó en dar un paseo, pero dar un paseo solo no era tanto como solía ser. Por otro lado, la caminata que tuvo con Jaylynn la otra noche era algo que se veía haciendo regularmente.

Entonces, en lugar de dar un paseo solitario, terminó la novela que estaba leyendo. El nombre del libro era Beach Hearts, y era una buena historia. Uno que deseaba encajar con él de alguna manera. Sus ojos recorrieron las páginas viendo palabras pero no leyéndolas. Intentó concentrarse, pero después de leer la misma página varias veces y no saber nada de lo que había leído, cerró el libro. ¿Qué estaba mal con él? Él sabía. ¿Qué iba a hacer cuando terminara aquí? Regresa a casa a un departamento vacío y prepárate para el nuevo año escolar. Si estuviera en casa ahora, cocinaría algo. Cocinar era una buena terapia, y necesitaba algo de eso en este momento...

Jaylynn estaba trabajando desde casa, bajando las escaleras para estudiar porque JJ ya estaba en la cama. Había tenido un día divertido en el zoológico y se cansó. Fue bueno verlo divertirse y luego tener una buena noche de sueño gracias a esa diversión. Escuchó un ruido en la cocina cuando estaba a punto de cerrar las puertas del estudio.
¿Quizás fue la criada que limpiaba la cena?
Luego también escuchó música proveniente de la cocina. Era fuerte, pero sonaba como jazz. Jaylynn decidió comprobarlo; su curiosidad la estaba matando. Al entrar en la cocina, vio a

Tymothy hurgando en cajones y armarios.

–¡Oh mierda, Tymothy! Pensé que eras la criada o incluso un ladrón, pero ¿qué ladrón cocina en el lugar que roba?

Timoteo se rió.

–Punto cierto. Lo siento, pensé que todos estarían durmiendo o preparándose para dormir.

–¿Qué haces en la cocina?

–¿Qué sueles hacer en una cocina? Cocinar, por supuesto, sonrió.

–Ja, ja, muy gracioso, ¿no comiste lo suficiente durante la cena? Puedo llamar a la mucama para que te prepare algo más.

–No, está bien. Estoy cocinando para relajarme. Una especie de yoga culinario.

-Ya veo. ¿Es esto algo habitual que haces?

–A veces, sobre todo cuando tengo muchas cosas en la cabeza y no puedo dormir.

–Entonces, ¿cómo estuvo el día en el zoológico?

-Fue grandioso. JJ se divirtió.

-¿Y tú?

-¿Qué hay de mí?

–¿Cómo te va desde que haces yoga en la cocina?

-Estoy bien. Me preguntaba qué haría una vez que esto terminara.

–Vuelta a la escuela, ¿no?

–Sí, ese es el plan pero mi único plan.

–¿Quieres hablar de ello y hacer una lluvia de ideas? soy bueno en eso

Un olor cítrico provenía del horno que distrajo a Jaylynn.

–Está bien, Sr. Nice, ¿qué hay en el horno?

–Oh, solo unos muffins de semillas de amapola y limón.

–Le diré algo, Sr. Genial, usted comparte unos muffins conmigo, y veremos sus planes, dijo ella, sonriendo y acercándose a él.

Sonó un ding, lo que significaba que los muffins estaban listos. Tymothy los sacó, y el olor era aún mejor cuando se abrió el horno.

–Después de diez minutos de enfriamiento, podemos probar un poco. Espero que te gusten.

-Estoy seguro de que lo haré. Puedo esperar diez minutos. Podría haber esperado más mientras esperaba con él.

–Mientras esperamos... ¿Alguna idea de planes?

-Realmente no. respondió Timoteo.

Jaylynn estaba escuchando, pero parecía que su mente estaba pensando en sus planes.

–Entonces Tymothy, ¿por qué muffins de semillas de amapola y limón?

–Bueno, a mí me gustan los limones y los muffins, y las semillas de amapola son buenas para ti con mucha fibra, vitamina B e incluso carbohidratos si puedes con ellos. Aún así, si te refieres desde un punto de vista filosófico, bueno, los limones, para mí, simbolizan la longevidad, el amor y la amistad. Siendo ese el caso, trato de agregarlo a mis platos para ayudar a mi mente y cuerpo.

–Vaya, nunca había oído hablar de la comida de esa manera. Usted tenía razón; eso es un poco de yoga para los amantes de la comida. Podía ver en sus ojos mientras decía la sinceridad y profundidad de sus palabras; en ese momento, ella quería abrazarlo o tomar su mano, pero él se movió hacia los panecillos.

–Podemos probarlos ahora mientras clava un palillo dentro de uno de ellos, sacándolo tan limpio como cuando lo insertó.

-¡Perfecto! Mujeres primero...

Jaylynn agarró dos platos y servilletas del armario mientras Tymothy tomaba un poco de leche del refrigerador. Se sentaron uno al lado del otro y observaron cómo el otro mordía. A Tymothy le gustó esta cercanía y mordió su panecillo; sus dientes querían morderla.

–¡Están deliciosos! timoteo.

–Gracias, eran una cosa de última hora.

Jaylynn estaba terminando otro mientras se lamía los labios. El interior de Tymothy gimió no por su estómago sino por un área mucho más baja. Jaylynn agarró otro muffin, lo sumergió en leche y lo puso suavemente en la boca de Tymothy. No importaba que todavía tuviera parte de su muffin masticando. No había forma de que pudiera manejar todo esto, y solo por instinto, se inclinó hacia su boca y suavemente expulsó algunas de las magdalenas en su boca.

Ella gimió.

Eso fue algo bueno. No se pasó de la raya.

Sus dos bocas comenzaron a conversar con muffins en sus bocas. Ambos estaban gimiendo ahora. La atracción era demasiado intensa para seguir ignorándola. Sus narices se entrelazaban de un lado a otro, y ninguno se alejaba del beso.

Puso una de sus manos en su cadera.

Puso una de sus manos en su pecho y apretó ligeramente para que él sintiera sus uñas clavándose en su piel.

-¿Mamá? Oyeron desde fuera de la puerta.

Rápidamente se separaron de mala gana y terminaron lo que tenían en la boca.

–Mamá, tengo sed. ¿Ustedes también tienen sed?

–Ambos se miraron y respondieron.

-Sí somos.

–También estábamos comiendo unos muffins. ¿Quieres uno con un poco de leche? El Sr. Nice los hizo todos por sí mismo.

-¿Él hizo? ¡Entonces seguro, tendré uno!

Tymothy pensó que sería una buena señal para dejar la incómoda situación.

– Los dejaré para que terminen esto, es hora de que duerma un poco para un día temprano mañana.

–Gracias, Tymothy, por los muffins y todo lo que vino con ellos. Jaylynn le dijo antes de que saliera de la habitación.

-De nada. Buenas noches JJ y Jaylynn.

Fue una buena noche... de cocina...

Cuarenta y Tres

Jaylynn rodó de un lado a otro en su cama. ¿Cómo podía dormir después de lo que acababa de pasar? Exactamente ella no pudo. Los dos estaban tan cerca y besándose tan apasionadamente. Todavía podía sentir sus labios sobre los de ella y el calor que recorrió su cuerpo durante toda la sesión de besos.

A ella le gustaba. Le gustaba ella. El techo se veía igual hora tras hora en el que pensaba cuando se sintió así por primera vez por Tymothy. No estaba segura de cuándo, no es que importara, pero estaba tratando de entender lo que estaba sucediendo. Su pregunta ¿por qué era la maestra de su hijo la que tenía que atraerla? ¿Y si JJ no hubiera entrado? ¿Habrían ido todo el camino tirando panecillos y platos al suelo? ¿Ella realmente quería que esto sucediera? Muchas preguntas pero ninguna respuesta. ¿Y si ella seguía con esto? Por supuesto, eso haría feliz a JJ, pero ¿y si no funciona? ¿Y que?
Entonces salió el sol, y ella ni siquiera había dormido nada. Gimiendo y no en el buen sentido, se duchó y se vistió, bajó las escaleras y esperaba que Tymothy no se hubiera levantado todavía, pero estaba equivocada. Estaba allí con JJ hablando y desayunando. Él le sonrió cuando ella bajó, y ella le devolvió la sonrisa. Se preguntó si pudo dormir algo; por la apariencia de él debe tener. Tenía los ojos brillantes y la cola tupida, y estaba segura de que no era solo por sus panecillos.

-Buenos días chicos.

–Buenos días, mamá

–Buenos días, Jaylynn; Espero que hayas dormido bien.

Jaylynn no podía responder a la pregunta sin delatar su insomnio. Con suerte, no fue evidente después de una ducha y maquillaje. Comió en silencio mientras Tymothy y JJ hablaban sobre los planes de lecciones de hoy. Su mente debería haber estado en el trabajo, pero no lo estaba. Jaylynn terminó su comida, le dio un beso de despedida a JJ y se fue a trabajar. Durante las siguientes tres noches, Jaylynn no estuvo en casa para la cena. El trato finalmente se cerró, y su atención necesitaba estar en eso y no en nada más.

// ///////////// /////////////////////////////

Tymothy supo después de la segunda noche que Jaylynn lo estaba evitando deliberadamente. Sabía por qué y quería hablar con ella, pero ¿cómo y cuándo? Él no quería impedírselo; fue todo lo contrario. No podía dejar de pensar en ella. Había una atracción entre ellos. ¿Había algo más que nadie supiera? Aunque no sabían mucho al respecto, sabían que era un buen comienzo.

Como llegaría tarde, Tymothy sabía que vería a JJ antes de comer y luego se iría a la cama para levantarse temprano por la mañana, pero esta noche Tymothy tenía un plan con la ayuda de la criada. Cuando Jaylynn terminó de ver a JJ, bajó las escaleras y vio a Tymothy esperándola.

–Hola, Jaylynn.

–Hola, Tymothy... yo-

–Está bien, pero ¿me acompañarías un segundo?

Ella asintió y lo siguió afuera. El sol ya se había puesto, pero los contornos de la luz del día apenas se podían ver en el horizonte. Un poco más lejos, caminaron hasta que Tymothy se detuvo de repente y se volvió hacia ella. Al principio, Jaylynn fue sorprendida con la guardia baja, pero luego se relajó. Simplemente se quedaron allí. Haciendo nada. sin decir nada

Tymothy fue el primero en acercarse y tomar su mano. Jaylynn no lo rechazó. Besó primero el exterior de su mano y luego la palma. Ella agarró su mano e hizo lo mismo. ¿Qué estaban haciendo? No tenían idea, pero sabían que esto era todo lo que iba a pasar, y por alguna razón, eso fue suficiente.

–Tymothy, mis padres vienen y quiero que los conozcas.

-¿Está seguro?

–Sí, quiero que te unas a JJ ya mí si te parece bien.

–Eso estaría bien para mí.

-Se está haciendo tarde; Creo que deberíamos volver adentro, susurró Jaylynn.

–Vale, susurró Tymothy. Todavía se tomaron de las manos hasta que llegaron a la puerta para volver a entrar. La vio entrar y subir las escaleras mientras él se quedaba afuera más tiempo, mirando las estrellas ahora visibles. Notó que dos, en particular, brillaban más que los demás. eso era una señal??

Cuarenta y Cuatro

JJ estaba vestido con ropa formal, esperando a sus abuelos. Jaylynn tenía buenas noticias para sus padres con respecto a su progreso durante el verano. ¿Estarían felices por eso? Sí. ¿Sería suficiente? Probablemente no. Solo cuando JJ estaba en una escuela de su diseño, preferiblemente no en una escuela pública.

Tymothy observó a JJ mientras esperaba para ver a sus abuelos. Estaba complacido con el progreso de JJ, pero le preocupaba después del verano. ¿Retendría lo que aprendió? ¿Regresaría a su modo de armario? De acuerdo, con su ayuda y la del médico, no lo creía así, pero por alguna razón, tenía una profunda preocupación. Con sus otros estudiantes era lo mismo, pero ahora con JJ es diferente. Había un lugar especial para él en su quid que no estaba allí para sus otros estudiantes. Por supuesto, había pasado más tiempo con JJ que con ellos, pero no era solo el tiempo que pasaba con él.

Todo saldrá bien en el lavado.

Para citar a alguien que una vez conoció, solo creía la mitad de la cita, pero en este momento, sonaba bien. Podría hablar con Jaylynn sobre sus consideraciones. Podrían idear formas de ser proactivos en la preparación de él para la siguiente fase de su año académico y más allá; Jaylynn confiaba en él y lo escuchaba. Ella sabía que él tenía los mejores intereses de JJ en el corazón.

Luego estaban ellos dos; cómo pensó al principio que ella era una chica rica engreída y esnob que menospreciaba a todos los demás y que no se preocupaba por su hijo. Wow, estaba muy lejos. Pensó en la primera noche de fiesta y en la siguiente, la diferencia entre las dos y el significado de las dos, preguntándose si ella estaría pensando lo mismo que él...

–¡Vale, aquí vienen, cada uno con su mejor comportamiento! Ella susurró.

Incluso la criada estaba haciendo fila con ellos con un uniforme impecable y limpio y un comportamiento profesional.

El padre y la madre de Jaylynn se bajaron del coche con chófer y entraron, inspeccionando todo.

–Mamá y papá, este es el Sr. Nice, quien ha sido el tutor de JJ durante el verano; si lo desea más tarde, puede mostrarle su progreso y responder cualquier pregunta.

Su padre miró a Tymothy y asintió, pero su madre no dijo nada y miró a JJ.

–¿Dónde está un kissy kiss para la abuela?

JJ corrió hacia su abuela y la besó en ambos lados de las mejillas como le habían enseñado desde muy joven. Posteriormente, Jaylynn hizo el mismo ritual. Para sus padres, hay algunas cosas que ella nunca podría superar. Ahora sentado en la mesa preparada, el tono no era como el de una feria de diversión habitual y siendo tonto. Esta era una comida formal, y aunque Jaylynn debería haber estado acostumbrada a esto, casi tenía miedo de respirar de la manera incorrecta. ¿Había otra razón por la que estaba tan aprensiva?

–JJ, ¿has sido un excelente muchacho estudioso? Su madre habló primero, rompiendo el silencio.

En el momento justo, apareció la criada con un plato de aperitivos y fruta. Su primera parada fue la madre de Jaylynn, seguida por su padre, Jaylynn, Tymothy y JJ. Jaylynn fingió preocuparse por todos los aspectos de los viajes de su madre a medida que avanzaba la comida.

–JJ, escuché que es en un público donde usted enseña, Sr. Nice, ¿no?; preguntó el padre de Jaylynn. ¿Dirías que una escuela pública es mejor que una escuela privada?

Tymothy estaba a punto de darle un bocado hasta que vio a Jaylynn decir, por favor, no mires.

–Bueno, no lo sabría mientras, señor, ya que nunca he trabajado en una escuela privada, pero mientras la escuela haga su trabajo, ¿importa?

–Muy inteligente y lógico. Parece que al menos mi hija tuvo algo de sentido común al contratarte como tutora de mi nieto. Jaylynn no dijo nada, solo sonrió. Nunca podría haber llegado a una respuesta como esa: apoyos para Tymothy y puntos de brownie de parte de ella.

Los padres de Jaylynn se fueron, se despidieron pero prometieron regresar después de los mandados. Después de que se fueron, JJ quería jugar y ella lo dejó porque había sido un buen nieto. Tan pronto como estuvieron solos, Jaylynn abrazó a Tymothy.

También quiero disculparme contigo por lo de mis padres.–Umm, ¿para qué es eso?

–Contener su temperamento y decir lo correcto. –No olvides las garras también. Pueden ser un poco ásperos alrededor de los bordes.

Ellos rieron.

Mientras Jaylynn lo miraba, sintió su deseo de besarla. Sin dudarlo, levantó la cara, exponiendo sus labios a los de él. Fue como una tormenta brutal en una noche tranquila, y la delicia me trajo recuerdos de los muffins... ¿Habrá más así?

En este momento, Tymothy quería decirle tantas cosas. ¿Era el momento adecuado? Si no, ¿cuándo sería el momento adecuado? Sus labios tocaron los de ella de nuevo mientras la miraba a los ojos. Fue un beso diferente que dejó a Jaylynn agotada y ansiosa por más. Asimismo, ella lo miró fijamente, buscando respuestas...

Cuarenta y Cinco

Hubo una emergencia con el hermano de Tymothy y tuvo que irse. En esos días desde que se fue, habían hablado brevemente por teléfono un par de veces. Cada vez que hablaban, quería decir más, pero no lo hizo. A veces quería tomar el teléfono y llamarla, pero siempre esperaba que ella llamara. Su hermano era bueno, y todo estaría bien.

Se dio cuenta de que sin ella alrededor, estaba en mal estado. Tanto es así que una vez que se cerró el trato, ella y JJ estaban de regreso a casa. A lo que ella no sabía con seguridad.

Ahora él y JJ estaban frente al apartamento de Tymothy, y JJ estaba llamando. ¿Debería haber llamado primero? Eso estropearía la sorpresa. Así que no, no debería haberlo hecho.

Se oyó un crujido en la puerta y apareció Tymothy. Se oyó un crujido en la puerta y apareció Tymothy.

–¡JJ! ¡Qué fantástica sorpresa!

–Hola, señor Nice; Mamá y yo te extrañamos. Tenía razón, pero no tenía que decirlo.

-¿Bien adivina qué? Yo también te extrañé, agregó con una sonrisa y miró especialmente a Jaylynn; la sonrisa extra era para ella. Una sensación como un escalofrío caliente recorrió su cuerpo.

Parecía que Tymothy se estaba mudando del departamento en el que se encontraban. JJ notó un televisor grande en la sala de estar e instantáneamente corrió para cambiar el canal a Bob Esponja.

–Oh, supongo que estará preocupado por un tiempo.

Me mudo pronto; por eso las cajas aún están por empacar.

Mi compañera de cuarto, Mariah, tiene planes más grandes en mejores lugares.

–Lamento escuchar eso, Tymothy.

-Está bien. Sabía que iba a suceder algún día, simplemente sucedió antes de lo que pensaba. Probablemente me mudaré con mi hermano y veré dónde estoy en unos meses.

-¿Qué tal tu trabajo? Me compraré un automóvil para que el viaje sea más largo, pero puedo hacerlo.

–Sabes que JJ extrañará tenerte como su maestro el próximo año.

–Lo sé, y lo extrañaré, entre otras cosas. Espero que todavía podamos vernos.

–Claro, dijo Jaylynn, pero ¿de quién y de qué estaban hablando exactamente?

–Hablo de los dos. Tymothy añadió en voz baja.

Jaylynn no tuvo respuesta porque no sabía qué decir.

–Te aclaro, ¿puedo verte a ti ya JJ cuando quiera?

Todavía en silencio, ella asintió.

Tymothy la tenía aquí, así que bien podría decir lo que tenía en mente, pero antes de que dijera algo, Jaylynn lo detuvo.

–A lo largo de este verano, he desarrollado sentimientos por ti, Tymothy. No sé cuáles son exactamente, pero no sé con precisión que has cambiado la vida de mi hijo y la mía también. Quiero a JJ en una escuela privada como quiere mi padre, pero eso significa que no te veré menos, lo cual no sé si podré manejar; por eso estoy aquí ahora hablando contigo. Gracias a ti me veo mejor madre y persona. Es como si por tu culpa, cualquier cosa está a mi alcance.... fue el turno de Tymothy para detenerla y agarrar sus manos sosteniéndolas. No dijo nada. ¿Realmente tenía que hacerlo? Pero tuvo que besarla para demostrarle que entendía lo que estaba diciendo. Sintió que sus brazos cubrían su espalda y se inclinó hacia ella, arqueándole la espalda suavemente pero abrazándola con fuerza. Ella gimió pero se contuvo, pero JJ no escuchó nada porque había subido el volumen de la televisión para no escuchar a los adultos hablando.

Tymothy terminó su beso, tirando de ella hacia atrás y mirándola fijamente a los ojos. Preguntas respondidas y algo más.

preguntó Tymothy.–¿Qué tal si también vemos Bob Esponja?

–Por qué no mientras estés conmigo, contestó Jaylynn, aún

sosteniendo su mano... Habría tiempo de sobra para otras sesiones de preguntas y respuestas más tarde...

Epílogo

Tymothy se puso de pie y observó a JJ jugar con los gansos en el parque. Hacía buen tiempo y estaba relajado, y todos llevaban chaqueta. JJ se reía mientras alimentaba a los gansos que graznaban con él. JJ era un niño diferente ahora. Social, pero va y energía total. Sus sesiones eran pocas y esporádicas; se habían convertido básicamente en chequeos trimestrales.
–Oye, papá, ¿quieres ayudarme aquí?
La palabra "papá" parecía un lugar común en lugar de escuchar al Sr. Nice. Todo el mundo estaba pasando por una transición, y todo fue para mejor.

Jaylynn estaba a su lado, sosteniendo su mano y sonriendo.
–Sí, papá, ¿vas a ayudar a tu hijo?
–Pues claro que lo soy, mamá. Te quedas donde estás, y el hermanito o la hermanita de JJ pueden mirar y dejar que mamá se relaje. JJ, y ahora viene otro en camino. A Jaylynn no le importaba si era niña o niño. Tymothy dijo lo mismo, pero ella sabía en el fondo que él tenía una preferencia, pero también sabía que cualquiera que fuera esa preferencia, él amaría con todo lo que tenía como lo estaba haciendo con JJ. Así de simpático era...

JAJAJA

JAJAJA

JAJAJA